Eternal Memory

SF 메디컬 장편소설

Eternal Memory

이터널 메모리:
기억을 캐는 의사들

박 민

서기 2030년.

 드럼(Drum) 박사와 그의 연구팀은 인류 역사를 뒤바꿀 혁신적인 신기술 하나를 개발했다. 사람의 뇌에서 얻어진 뇌파를 시각과 청각 정보로 바꿈으로써 그의 과거 기억을 누구나 볼 수 있는 시청각 자료로 재현할 수 있게 해주는 일명 BVS(Brain Visualization System, 뇌 시각화 시스템) 기술이 그것이다. 말하자면 간단한 뇌수술만으로 특정인의 과거 기억을 동영상으로 생생히 재생할 수 있는 시대가 도래한 것이다.

 이 기술은 간단한 뇌수술만으로 특정인의 과거 기억을 동영상으로 생생히 재생할 수 있는 있었다. 이로써 특정인의 다양한 기억들이 영화나 드라마처럼 모니터 화면 위에 고스란히 재현되었고, 사람들은 그의 과거 기억들을 생생하게 보고 듣고 체험까지 할 수 있게 되었다.
 물론 이 신기술 역시 여러 한계를 지니고 있었는데, 우선 기술적인 측면에서 부작용이나 예기치 않은 문제가 생길 수 있었다. 누군가의 기억을 시각이나 청각 정보로 변환하기 위해서는 먼저 뇌의 시상(視床, Thalamus)이라는 부위에 탐침을 삽입해야 하는데, 주로 이 과정에서 문제가 발생했다. 민감한 뇌에 탐침을 삽입하는 과정에서 출혈이나 뇌 손상이 발생하면 환자가 의식소실, 운동 장애 등의 심각한 후유증을 겪을 수 있다.

그리고 또 하나, 깨어 있는 뇌는 지나치게 활동적이라 명확한 기억을 추출하기 어렵다는 한계도 있었다. 의식이 깨어 있으면 상상과 꿈, 잡생각들이 뒤섞여 선명한 기억을 방해하기 때문이다. 그래서 이 기술은 오직 혼수상태에 있는 환자들, 뇌파가 2Hz 이하로 떨어진 사람에게만 적용할 수 있었다.

특정인의 뇌 안쪽에 숨겨진 기억을 제3자가 들여다보는 BVS에는 당연히 기술적인 문제 외에 다양한 윤리적 문제와 법적 책임 문제도 뒤따랐다. 본인의 동의가 불가능한 상황에서 이루어질 수밖에 없으므로 우선은 프라이버시 침해라는 문제가 제기되었다. 이 외에도 여러 복잡한 법적 문제와 윤리적 문제들이 차례로 대두되었고, 그 결과 BVS의 실제 시행에는 매우 까다로운 조건과 조치들이 따라붙게 되었다.

말하자면 BVS는 일반인을 대상으로 X레이 찍듯이 쉽게 적용할 수 있는 범용 기술이 아니었다. 따라서 특정한 이유로 혼수상태에 빠진 환자 등 극소수를 대상으로, 그것도 아주 특별한 목적을 위해서만 제한적으로 허용되어야 한다는 일종의 사회적 합의가 도출되었다.

하지만 삶과 죽음의 갈림길에 선 어떤 환자들에게 법이나 윤리는 종종 먼 나라 철학 교수님의 외국어 강의처럼 답답하고 고루한 것일 수도 있었다. 그건 의사들도 마찬가지여서, 이들은 자주 법을 지키고 환자를 사망에 이르도록 놔둘 것인지, 법을 어기고 환자를 살릴 것인지 선택해야 하는 모순을 떠안게 되었다.

그리고 그 모순의 한복판에, 시온대학병원 신경외과 전공의 1년차인 정우진과 2년차인 서유라 커플도 끼어있었다.

차례

CASE 01

타인의 기억

타인의 기억

3월의 맑고 파란 하늘 아래, 시온대학병원의 하얀 건물은 햇살을 받아 이날 따라 눈부시게 빛이 났다. 하지만 병원 1층 한켠, 본관 건물의 그림자 아래 납작 엎드린 응급실 안은 어둡고 눅진한 공기와 소독약 냄새만이 가득했다. 예기치 못한 고통과 다급한 죽음의 공포가 24시간 상존하는 곳이다. 하지만 이 음습한 공간 역시 사람 사는 세상이라는 사실을 일깨우듯 때때로 분주하게 뛰어다니는 의료진의 다급한 발소리가 쿵쾅쿵쾅 사방으로 울려 퍼진다. 그런 발소리 사이로 환자들의 앙다문 입술을 비집고 터져 나오는 단말마의 비명이 뒤섞이고, 복도 쪽에서는 놀란 가슴을 진정시키지 못하는 보호자들의 통곡과 고성, 분노에 찬 욕설이 여기저기로 화살처럼 날아다니기도 한다.

그러던 어느 순간, 이 모든 소음과 뒤죽박죽의 혼돈을 단박에 깨뜨리는 요란한 사이렌 소리와 함께 경광등을 번쩍이며 119의 구급차 한 대가 응급실 앞에 끼익, 불길한 소식을 싣고 도착했다.

사라진 기억 ─────⋀⎪⎮⋁──────

　몇 분 후, 병동을 회진 중이던 서유라는 응급실로부터 긴급 호출을 받았다. 신경외과 2년차 전공의인 그녀가 다급하게 응급실로 들어섰을 때, 방금 구급차에 실려 온 중년의 사내는 눈을 감은 채 바퀴 달린 이동식 간이침대 위에 구부정한 자세로 뉘어져 있었다.

　수액과 맥박 측정기, 심전도 측정기 따위의 여러 장치가 그의 몸에 부착되어 있고, 각종 관이며 줄들이 그의 꺼져가는 생명을 억지로 붙잡기라도 하려는 듯 아슬아슬하게 매달려 있었다.

　그 옆에 서서 휴대용 단말기 안의 차트를 채워나가던 앳된 얼굴의 남자 인턴 하나가 그녀를 보고 가볍게 고개를 숙여 보였다. 유라는 그를 향해 발걸음을 옮기며 재빨리 침대 위의 환자 얼굴을 훑었다.

　"환자 어때요?"

　유라는 조금 사무적이고 차가운 말투로 물었다.

　단말기에 환자의 상태를 입력 중이던 인턴이 손을 멈추고 다급하게 입을 열어 속사포처럼 말을 쏟아냈다.

　"선생님, 이 환자의 의식 저하 원인을 도저히 찾을 수가 없습니다. 아무래도 신경외과에서 도와주셔야 할 거 같습니다. 게다가 증상이 너무나 빠르게 나빠지고 있습니다."

　얼핏 보기에도 환자는 이미 의식이 없어 보였는데, 다행히 호흡은 유지되고 있었다. 눈꺼풀을 손으로 열어보았으나 짐작대로 눈동자의 움직임은 거의 없었다. 그런 그녀의 옆에서 인턴은 숨이 넘어갈 정도로 다급하게 상황을 추가로 설명하기 시작했다.

"MRI와 혈액 검사도 정상이고…."

"잠깐만!"

유라는 인턴의 말을 끊었다. 급할수록 돌아가야 한다는 말이 응급실에서는 무용지물이라는 걸 누구보다 잘 알지만, 유라는 응급의학과 의사들이 찾지 못한 의식 저하의 원인을 찾아내려면 각종 기계와 수치들이 알려주는 정보 외의 다른 정보가 필요하리란 걸 직감적으로 깨달았다. 뻔한 정보들에서 의식 저하의 원인이 밝혀질 수 있는 것이라면, 굳이 응급실에서 자기에게까지 연락을 해오지도 않았을 것이었다.

유라는 인턴이 들고 있던 단말기를 빼앗듯이 받아들었다. 거기에는 이미 환자의 기본 신상정보와 함께 몇몇 의학적 소견들이 표시되어 있었다.

'강태민, 50세, 남성. 멘탈 스투퍼(mental stupor), MRI 결과 이상소견 없음, 혈액 검사 이상소견 없음.'

멘탈 스투퍼는 의식이 혼미한 상태라는 의미로, 여기서 상황이 더 악화하면 코마(coma) 상태에 빠지게 된다. 그렇게 재빨리 환자의 정보를 훑어본 유라는 단말기를 인턴에게 돌려주며 아까보다는 훨씬 부드러워진 말투로 물었다.

"처음부터 이 상태였어요?"

앳된 얼굴의 인턴은 여전히 굳은 표정으로 대답했다.

"네, 그렇습니다. 여기 도착했을 때부터 이미 혼미상태였습니다. 하지만 119 대원이 신고를 받고 환자의 집으로 출동했을 때만 해도 의식이 있고 어눌하게라도 통증을 직접 호소했다고 합니다."

"그럼 이송 중에 의식 저하가 일어난 거네요. 이송에 걸린 시간이 얼마나 되죠?"

"13분이라고 합니다."

"음…."

유라는 남들에게는 들리지 않을 정도로 낮은 한숨을 길게 한 번 내쉬었다. 너무나 짧은 시간에 일어난 의식 저하의 원인을 기계들이 측정하는 수치에서 찾아내기는 어려우리라는 걸 새삼 확인한 때문이었다.

그럼에도 유라는 다시 환자의 뇌 MRI가 찍힌 모니터로 시선을 돌렸다. 그녀는 화면 위를 바삐 훑으며 작은 흔적이라도 놓칠세라 온 신경을 거기에 집중했다.

'MRI도 이상이 없고… 혈액 검사도, 다른 검사도 특별한 이상이 없고….'

새로 빨아 말리고 풀이라도 먹여 다린 것처럼 하얗고 구김 하나 없는 가운을 걸치고 모니터에 눈을 박고 있는 그녀의 모습은 사실 응급실 안에서는 다소 이채로운 풍경이었다. 응급실에서 일하는 의사나 간호사들은 대부분 피나 약물 따위가 튀어도 크게 티가 나지 않는 파란색 수술용 가운을 입는 데다가, 이들의 옷은 매일 세탁을 하긴 하지만 거의 운동복에 가까운 것이어서 멋이나 깔끔함과는 한참 거리가 멀었던 것이다. 그런 사람들 사이에서 하얗게 빛나는 가운을 걸치고 짐짓 심각한 종교적 문제라도 풀려는 사람처럼 모니터만 바라보는 있는 유라의 모습은 얼핏 장례식장에 잘못 들어선, 흰 드레스를 입은 신부처럼 보이기도 했다.

"보호자는요?"

모니터에서 눈을 뗀 유라가 여전히 그녀 곁에서 미동도 없이 서 있는 인턴에게 물었다.

"네. 밖에 환자분의 아내와 딸이 와 있습니다."

"무슨 얘기 없었어요?"

차트에 가족들의 설명 내용이 없었음을 떠올리며 이번에는 유라가 조금 캐묻는 듯한 말투로 물었다.

"네, 없었습니다. 전혀 원인을 모르겠다고 합니다."

인턴은 그렇게 대답했다. 하지만 유라는 기계가 아니라 환자의 상태를 처음부터 지켜본 가족들에게서 원인의 실마리를 찾는 게 더 빠를지도 모르겠다는 생각을 하고 있었다.

유라는 응급실 입구 복도 쪽으로 걸음을 옮겼다. 인턴이 따라 나와서 강태민이라는 그 환자의 아내와 딸이 앉아 있는 의자 쪽으로 그녀를 안내했다. 환자는 몸집이 꽤 큰 편이었는데, 그 아내와 고등학생 정도로 보이는 딸은 둘 다 키도 작고 몸매도 가냘픈 축이었다.

"강태민 씨 보호자시죠?"

유라가 모녀 앞에 서서 묻자 환자의 아내 오윤정이 자리에서 일어나며 얼굴을 들었는데, 내내 울고 있었는지 뺨에 눈물 자국이 선명했다. 딸이라는 여자아이는 힐끗 유라를 한 번 쳐다보더니 다시 재빠르게 고개를 숙였는데, 그 짧은 순간에 유라는 아이의 눈빛에서 어떤 적개심 같은 것을 보았다는 느낌이 들었다. 갑자기 쓰러진 자기 아빠를 살리려는 의사에게 적개심이라니, 아마 놀라고 두려워서 그런 것일 거라고 유라는 속으로 생각했다.

"혹시, 아까 얘기하지 않은, 환자분의 특별한 지병이나 뭐 그런 게 없었을까요?"

환자는 평소 꽤 건강한 사람이었던 듯, 그 나이라면 충분히 있을 법도 한 당뇨나 고혈압 따위의 지병이 전혀 없는 것으로 차트에 기재되어 있었다.

"건강한… 사람입니다, 선생님. 먹는 약도 없고… 아프다고 병원에 다니거나 누워 있던 적도… 거의 없었어요."

환자의 아내는 천천히, 하지만 분명하게 말하고 있었다. 그의 의식 저하가 갑자기 일어난 돌발적인 사고에 가깝다는 얘기였다.

"건강하셨던 거 같은데, 평소에 운동도 많이 하셨나요? 등산이라든가 낚시라든가 골프라든가 뭐…."

유라는 환자의 아내를 향해 다시 그렇게 확인하듯 물었다. 그런데 그녀의 물음이 다 끝나기도 전에, 여전히 머리를 수그리고 앉은 환자의 딸아이 입에서, 작고 낮지만 역시나 적개심이 배어 있는, 짧게 투덜거리는 소리가 흘러나왔다.

"운동은 개뿔…."

무슨 말을 들은 것인지 제대로 파악할 수도 없을 정도로 작은 소리였지만, 유라는 아이의 적개심이 의사인 자기가 아니라 제 아빠를 향하고 있음을 확연히 느낄 수 있었다. 아이의 엄마가 재빨리 그런 아이의 어깨를 한쪽 팔로 끌어안으며 말을 막았고, 아이는 이내 입을 다물었다. 이어서 환자의 아내 오윤정이 다시 입을 열었다.

"놀러 다니는 걸 좋아하긴 했어요. 이번에도 2박 3일 동안 친구들과 어딜 갔다가 오늘 점심때가 되어서야 돌아왔는데…."

"그런데요?"

유라가 재촉하자 환자의 아내는 다시 말을 이어 대답했다.

"밥맛이 없다며 그냥 자리에 눕더니… 두 시간도 안 돼서 갑자기 배가 아프다며 깼어요. 끙끙 앓는 소리를 하더니… 뭐라고 말을 하는데… 알아듣기가 어려웠어요."

"알아듣기가… 어려웠다고요?"

"예, 그래서 뭔가 일이 잘못되었구나 싶어서 119에 바로 전화를 했죠."

"혹시, 기억나는 다른 말 같은 건 없었을까요?"

"혀가… 혀가 좀 둔하고 이상하다는… 그런 얘기를 한 거 같아요."

'혀가 둔하다고? 뇌 MRI에는 특별한 이상이 없었는데…. 뇌염이 이렇게 빨리 진행될 수도 있나? 아니면 내가 놓치고 있는 다른 게 있는 걸까?'

유라는 미간을 찌푸린 채 모녀를 복도에 남겨두고 다시 응급실 안으로 발걸음을 옮겼다.

그녀는 생각에 잠긴 채 다시 환자의 상태를 살피고 또 살폈다. 그사이 다른 응급실 의사들이 환자를 차례로 들여다보고 외래 담당인 신경과 의사도 한 사람 다녀갔지만, 환자의 의식 저하를 설명할 특별한 이론이나 진단은 누구에게서도 나오지 않았다.

그렇게 시간이 흐를수록 환자 강태민의 의식은 계속 나빠져만 갔다. 처음에는 혼미한 상태였으나 이내 반혼수 상태에 이를 정도로 상황이 악화하였다. 그렇게 증상이 분 단위로 악화하고 있었지만, 유라는 여전히 그 원인을 찾지 못해 아무런 대응도 할 수 없었다. 응급실의 간호사와 다른 의료진들 역시 유라의 입만 쳐다보며 그녀의 오더를 기다릴 뿐이었다.

그러던 어느 순간, 더 이상 방관할 수 없다는 판단이 서자 유라는 마침내 결단을 내렸다.

"BVS를 해보죠."

"뇌 시각화 시스템 말씀인가요?"

여전히 그녀 곁을 맴돌고 있던 인턴이 눈을 동그랗게 뜨고는 질문인지 확인인지 애매한 답을 해왔다.

BVS는 환자의 뇌에 남은 기억을 영상으로 재현하는 기술이지만, 법적 절차가 몹시 까다로워서 대다수 의사가 채택하기를 꺼리는 방식이었다. 말하자면 아무것도 할 수 없을 때나 찾는 최후의 선택지였다. 유라는 지금이 바로 그런 때라고, 환자가 말하지 못하는 환자의 과거 기억을 통해 원인을 찾는 것이 가장 확실한 방법이라고 판단한 것이다.

의식 너머의 세계 ─────

환자 강태민의 BVS 시술을 위해 유라는 먼저 자신이 속한 신경외과의 김승태 교수에게 상황을 설명하고 허락을 받아냈다.

"서 선생 판단이 그렇다면…, 한번 해봅시다."

이어 환자의 보호자인 오윤정에게 시술의 필요성을 설명하고 역시 동의를 얻었다. 김승태 교수가 병원 윤리위원회의 허가를 받아냈고, 신고를 접수한 경찰에서는 감시 목적의 형사 한 명을 병원에 급히 파견했다. 이어 유라와 BVS 영상전문가가 함께 수술실로 들어갔다.

수술실에서 유라는 환자의 두피에 국소마취를 한 후, 머리뼈 네 군데에 구멍을 뚫어 뇌를 자극하며 신호를 포착할 수 있는 탐침을 삽입했다. 그렇게 장치가 설치된 후에는 뇌에서 추출된 기억 데이터를 분석하는 작업이 시작되었다. 말하자면 BVS가 본격적으로 시작된 것이다.

그렇게 수집되는 환자의 기억 영상은 최근 기억부터 시작해 점점 먼 과거로 거슬러 올라가게 된다. 데이터는 AI 기술을 활용해 분석되며, 그 결과는 의사와 경찰이 이해하기 쉽도록 정리되어 전달되었다. 이 자료는 보호자는 물론 환자 본인도 접근할 수 없고, 철저히 제한된 의료적 활용에만 사용이 허락되었다.

이런 과정을 통해 타인의 기억을 영상으로 본다는 것은 유라에게도 항상 묘한 느낌을 주곤 했다. 화면에 나타나는 환자의 기억은 마치 카메라로 촬영한 동영상처럼 보이지만, 모든 장면이 똑같이 선명한 것은 아니다. 뚜렷한 기억은 생생하게 드러나지만, 흐릿한 기억은 안개 낀 풍경처럼 희미하게 보이는 식이다. 또 의식적인 기억뿐만 아니라 무의식에 담긴 배경들도 포함되어 있어서 예상보다 광범위하고 다양한 영상이 나타나곤 했다. 그만큼 불필요하거나 무의미한 영상들도 많다는 얘기다.

강태민의 BVS 영상 ───∿─────

환자 강태민의 기억은, 절망적이지만 알아듣기는 어려운 본인의 절규로 시작되었다.

"아니…, 왜… 왜… 이렇게… 느려… 터져? 혀… 내… 혀… 씨팔… 혀가…."

그건 강태민이 119 응급차에 실려 병원으로 오는 동안 내뱉은 말들이었다. 구조대원 두 사람의 모습이 보이긴 하는데, 남자인지 여자인지조차 알아보기 어려울 정도로 흐릿했다. 이미 의식이 상당히 흐려진 상태라는 얘기였다.

영상이 조금 더 과거로 거슬러 올라가자 강태민이 가족들에게 구급차를 부르라고 고함치는 장면이 나타났다.

"야… 이… 쌍년아, 119… 119부터 부르라구."

얼굴이 일그러진 채 침대 위에서 뒹구는 남편을 아내 오윤정이 힘겹게 부여잡고 있고, 침대에서 조금 떨어진 곳에는 이들 부부의 딸아이가 눈물범벅이 된 채 서 있는 모습이 지나가는 배경처럼 어렴풋이 보였다. 아이는 아빠를 향해 악다구니를 쓰듯 발을 구르며 이렇게 외치고 있었다.

"불렀어, 불렀다구! 지금 오고 있다잖아!"

이때의 환자 강태민은 이미 발음이 어눌했고, 갑작스러운 발작에 몹시 놀란 듯 눈이 튀어나올 정도로 흥분한 상태였다. 게다가 팔다리는 이미 그의 통제를 벗어난 듯 제멋대로 움직이고 있었고, 아무렇게나 휘두르는 주먹과 발길이 그 아내의 작은 몸 위에 함부로 떨어지고 있었다.

집에서의 소란 직전 장면은 별로 중요해 보이지 않았는데, 귀가하는 장면과 차를 타고 해변의 고속도로를 달리는 장면 따위가 나왔다. 유라는 증상과 관련이 없는 장면들을 재빠르게 건너뛰며 계속 더 먼 과거 속으로 들어갔다. 그러던 어느 순간, 영상 속에 강태민이 누군가와 낚시로 잡은 회를 떠서 먹는 장면이 나타났다. 펜션처럼 보이는 방에는 강태민과 다른 여성 한 명이 있었는데, 여성은 당연히 그의 아내 오윤정이 아니었다.

"이게 세상에서 제일 맛있다는 회야. 걱정하지 말고 먹어봐."
강태민이 여성에게 회를 권하고 있었는데, 여성은 어째서인지 못 볼 걸 보고 있다는 뜨악한 표정이었다.
"복어 손질은… 자격증 있는 사람만 한다던데…."
그 말을 듣는 순간, 유라는 망치로 머리를 얻어맞은 듯한 충격에 휩싸였다.

'아, 테트로도톡신!'
상황은 너무나 명백했다. 복어의 독이 문제였던 것이다. 복어 한 마리가 가진 테트로도톡신은 성인 30명을 한꺼번에 죽일 수 있을 정도로 치명적이다. 또 복어 독에 중독되면 초기 증상으로 혀의 감각에 이상이 나타나는 경우가 많았다.

요즘에는 대부분 전문 음식점에서만 복어를 사 먹기 때문에 이런 중독 사례가 드물다. 이 때문에 유라도 복어 독을 쉽게 떠올리지 못했던 것이다.

"이게 원인이네요."

유라는 시술을 끝내고 응급의학과 의사들을 호출했다.

유라의 설명이 끝나자 응급실은 다시 긴장에 휩싸였다. 문제는 현대 의학으로도 복어 독을 해결할 뾰족한 수가 없다는 것이었다. 응급의학과 의사가 강태민의 아내에게 상황을 설명했다.

"이유는 분명해졌는데…, 아쉽게도 복어 독에는 특별한 해독제가 없습니다. 그래서 환자분은 보존적 치료, 그러니까 자가 회복을 기다리는 수밖에 없는 상황입니다."

"그럼 저절로 낫기를 기다리라는… 아무 대책이 없다는 말씀인가요?"

강태민의 아내는 여전히 울상인 얼굴에 절망적인 표정을 덧씌우며 그렇게 물었다. 응급의학과 의사는 한동안 대답에 뜸을 들이다가 겨우 이렇게 입을 열었다.

"최근에… 미국에서 개발된 시험용 약물이 있긴 한데, 저희가 보기에는 해독제라기보다 회복을 돕는 정도의 효과만 있는 약입니다. 문제는…."

"…."

"아직 보험이 적용되지 않아… 비용이 꽤 듭니다."

강태민의 아내는 의사의 설명을 듣다가 다시 얼굴이 일그러졌다. 그러다가 겨우 이렇게 한 마디를 뱉어냈다.

"얼마나…."

"한 번에 300만 원 조금 넘고, 최소한 열 번은 써야 할 겁니다."

의사의 설명을 듣는 강태민의 아내 얼굴에 이번에는 검은 그림자가 짙게 드리웠다.

"어떻게든… 마련해보겠습니다. 사람은 살려놔야…."

기운 없는 목소리로 강태민의 아내가 어렵게 말을 잇는 사이, 곁에 있던 딸아이가 부르르 진저리를 치더니 노기 띤 표정으로 갑자기 끼어들며 소리쳤다.

"엄마, 그 돈을 정말 쓰겠다고?"

"경진아…."

엄마가 나섰지만 아이의 분노는 쉽게 가시지 않을 모양이었다. 이번에는 화살이 엄마 쪽으로 향했다.

"엄마, 미쳤어? 평소에 아빠가 엄마한테 어떻게 했는데…, 그 돈을 왜 써?"

아이의 분노는 이내 설움으로 바뀌었고, 눈에서는 닭똥 같은 눈물이 주르륵 흘러내렸다. 유라는 멀리서 그런 모녀를 바라보며 소리 없이 한숨을 푹 내쉬었다. 강태민이 함께 복어를 먹으려던 사람이 여자였다고, 내연녀가 분명한 여자였다고 달려가 말해주고 싶은 충동이 일었다. 하지만 그녀가 BVS를 통해 알게 된 내용은 일절 발설해서는 안 된다는 것이 기본 원칙이자 명확한 법률이었다. 만약 그녀가 의료 행위 외의 목적으로 BVS를 통해 알게 된 내용을 발설한다면 법적 처벌도 피하기 어려울 터였다.

"우리가 이렇게… 거지 같이 사는 게 다 누구 때문인데…."

"…."

"차라리 아빠가 없는 편이 훨씬 좋잖아. 일은 엄마 혼자 다 하고, 아빠는 맨날 놀러나 다니고…. 엄마, 이게 말이 되냐구?"

아이의 얼굴은 어느새 눈물범벅이 되어 있고, 엄마의 눈에도 차마 쏟아내지 못하는 절망과 분노가 가득 차 있다는 걸 유라는 놓치지 않았다.

"선생님, 제가 어떻게든 돈은 마련해보겠습니다. 그 해독제인지 뭔지, 준비해 주세요, 부탁드립니다."

응급실을 빠져나오는 유라의 등 뒤편으로, 죄지은 사람의 목소리 같은 오윤정의 맥없는 음성이 땅으로 스며들 듯 무겁게 가라앉고 있었다.

커플과 동료들 ———∿∿———

응급실에서 나온 유라는 저녁 회진 정리를 위해 신경외과 의국으로 향했다. 의국의 회의용 테이블에는 이제 막 전공의가 된 1년차 정우진, 3년차 전공의 한상식, 4년차 전공의 박찬영이 이미 모여앉아 있었다. 자리에 털썩 주저앉은 유라가 남 말 하듯 한 마디를 툭 내뱉었다.

"방금 응급실에서 BVS 했어요."

그러자 제일 선배인 박찬영이 깜짝 놀라는 표정으로 물었다.

"교수님이 쉽게 허락했어? 하긴, 김 교수님은 네가 뭐 하자고 하면 늘 바로 오케이를 하긴 하더라만."

"오, 대박!"

우진도 재미있다는 듯 턱을 괴고 유라를 빤히 쳐다보는 게 다음 이야기를 재촉하는 표정이었다.

유라는 응급실에서 BVS를 진행한 과정과 결과, 그리고 그 환자 가족들과 나눴던 대화를 그들에게 짤막하게 들려주었다. 그러면서 마지막에 덧붙였다.

"솔직히, 이런 쓰레기 같은 인간까지… 치료를 해줘야 하는 건지…, 저는 잘 모르겠어요."

유라의 말에 나이가 제일 많은 3년차 한상식이 입가에 엷은 미소를 짓더니 조용히 입을 열었다.

"오늘 우리 서 선생이 정말 큰 경험을 했네. 남들은 평생 한두 번 할까 말까 하는 BVS도 직접 하고…, 거기다가 윤리와 의무가 충돌하는… 뭐랄까, 의사 아니면 경험할 수 없는… 내적인 전투까지 치르고 말이지….”

긴 서론에 이어 한상식은 본격적으로 본인의 생각을 풀어놓기 시작했다.

“내 생각에는 말이야, 나쁜 놈과 착한 놈을 가리는 건 우리 일이 아니야. 의사는 내일 사형을 당할 놈이라도 오늘은 일단 살려놔야 하는 거지. 그게 우리 일이야. 또 하나! 어떤 사람의 기억 일부를 보고 그 사람의 전체 인생을 판단하는 것도 옳은 태도는 아닐 거야. 그 사람 가족의 증언을 보태서 나름 객관적으로 판단을 한다고는 하지만… 그게 얼마나 객관적일지는….”

우진은 한상식이 은근히 유라를 비난하고 있는 게 아닐까 싶은 생각이 들었다. 하지만 유라 본인의 얼굴에는 이렇다 할 표정 변화가 없었다. 그리고 바로 그때, 4년차 박찬영이 두 손으로 테이블을 탁, 하고 소리 나게 두드렸다. 한상식의 말을 끊으려는 행동이었다. 그가 병원 업무와 직접 관련이 없는 잡담이나 개인의 소신 발언 따위를 그다지 좋아하지 않는다는 건 다른 전공의들도 모두 익히 잘 알고 있는 사실이었다.

“제가 괜히 쓸데없는 얘기를….”

한상식이 눈치를 채고 말끝을 흐렸다. 그러거나 말거나 박찬영은 자리에서 벌떡 일어나더니 곧장 문 쪽으로 향했다.

"오늘은 여기서 끝! 다들 내일 봅시다. 당직하는 사람들은 수고!"

그렇게 자리를 정리하고 나가던 박찬영이 문 바로 앞에서 멈춰 서 더니 갑자기 생각났다는 듯 유라와 우진에게 물었다.

"너네는 언제 결혼한다고 했지? 내년에 한다고 했던가?"

유라와 우진의 결혼에 대해서는 이미 병원 안에 소문이 나 있었고, 특히 신경외과에서는 모르는 사람이 없었다.

"네, 내년 봄입니다."

유라가 짧게 대답했다. 그러자 한상식이 우진 쪽으로 얼굴을 돌리며 놀리듯이 물었다.

"기다리기 힘들지?"

우진은 어떻게든 가라앉은 분위기를 띄워보려고 이렇게 대답했다.

"기다리는 건 괜찮은데…, 지금도 매일 혼나며 지내다 보니 유라 선생이 점점 무서워집니다. 결혼하기 전부터 공처가 연습부터 하는 꼴이죠."

우진의 말에 재미있다는 듯 한상식이 흐흐 웃었고, 유라도 소리 없이 웃었다. 이어서 전공의 마지막 해를 보내고 있는 박찬영이 다시 입을 열었다.

"그래, 아무튼 나 졸국하고 결혼해줘서 고맙다. 일주일 꽉 채워서… 결혼 휴가 넉넉히들 써라, 하하."

그렇게 다소 어색해질 뻔한 대화가 농담과 웃음으로 마무리되고, 유라와 우진도 서둘러 의국 문을 나섰다.

당직실로 향하는 계단참에서 유라는 우진에게 아까 본 BVS 영상 이야기를 다시 꺼냈다.

"그 환자가 남긴 마지막 말이 뭐였는지 알아?"

"뭐였는데?"

"구급차 안에서 자기 아내에게 한 말이었어."

우진은 환자가 죽기 직전에 아내에게 한 말이라니 적잖이 호기심이 일었다. 사람은 죽기 전에 그 말이 착해진다는 얘기를 들은 기억도 났다.

"쌍년아, 꺼져!"

"…."

우진은 선뜻 호응할 말이 생각나지 않았다. 도무지 믿기지 않는 얘기였다. 유라가 다시 입을 열었다.

"그게 119 구급차에 실려 병원으로 오면서 그 환자가 내뱉은, 어쩌면 이 생애 마지막이 될지도 모르는 멘트였어."

우진은 고개를 저으며 힘겹게 입을 열었다.

"부인이 생계도 꾸리고… 남편 뒷바라지도 다 했다고 그랬잖아. 그런데도 남편이란 작자가 마지막으로 남긴 말이 정말 그런 거였단 말이야?"

"그래. 게다가 그 남자한테는 다른 여자도 있었어."

얼떨결에 유라는 해서는 안 될 말까지 해버리고 말았다. 아무리 결혼을 약속한 사람, 같은 일을 하는 동료라고 해도 그건 알려서는 안 될 정보였다. 다행히 우진은 크게 신경을 쓰는 눈치가 아니었다.

"그런 인간들이 항상 그렇지, 뭐. 자기밖에 모르고, 남의 희생은 당연하게 여기고, 항상 그렇잖아."

그때 유라가 뜻밖에도 단호한 목소리로 이런 말을 했다.

"그런 사람을 살리려고 노력한 내 시간이…, 너무 아까워."

우진은 유라가 피곤에 지쳐서 그런 말을 하는 것이리라고 단순하게 생각했다. 그래서 이렇게 맞장구를 쳐주었다.

"그 환자, 의식이 돌아오지 않는다면 식물인간이 될 수도 있잖아. 그러면 아내나 딸이 몇 년 동안 병간호를 해야 할 수도 있겠네."

그런데 유라의 대꾸는 단순한 호응이 아니라 몹시 화가 난 사람의 음성이었다.

"그건 진짜… 말도 안 돼."

"아…, 그래…."

우진은 무언가 좀 더 이야기를 하고 싶었지만, 유라의 감정이 격해진 게 느껴져서 조용히 입을 다물었다. 그때 우진이 본 유라의 표정은 얼음공주처럼 한없이 차갑기만 해서, 가슴 한쪽이 아프게 시려오는 걸 어쩔 수가 없었다.

'저 단호하고 날카로운 칼날을, 내가 과연 품어줄 수 있을까?'

우진은 저도 모르게 잠깐 그런 생각이 들었다.

그날 밤 늦게, 강태민의 아내 오윤정이 조용히 중환자실로 올라왔다. 그녀의 눈빛에는 오랜 시간에 걸친 고민의 흔적과 무거운 슬픔이 뒤섞여 있었는데, 거기에는 분명한 결단의 의지도 서려 있었다. 중환자실 문 앞에서 잠시 멈춰선 오윤정은 중환자실 벨을 눌렀다. 곧이어 중환자실 문이 열리고 젊은 간호사가 그녀에게 다가와 조심스레 물었다.

"무슨 일로 오셨어요?"

오윤정은 잠시 숨을 고르더니, 단호한 목소리로 대답했다.

"저… 강태민 씨의 약, 전부 중단해 주시길 바랍니다."

보호자의 갑작스러운 요청에 중환자실의 간호사가 담당 의사를 호출했고, 응급의학과의 담당 의사는 중환자실 앞 복도에서 강태민의 아내를 만났다.

"죄송합니다. 이랬다저랬다 해서…."

강태민의 아내는 그렇게 말을 시작했다. 담당 의사는 그녀가 마음을 바꾼 이유가 무엇인지 우선 궁금했다.

"약값이 많이 부담되시죠?"

의사의 질문에 강태민의 아내 오윤정은 긴 한숨을 내쉬더니 천천히 고개를 좌우로 흔들며 대답했다.

"약값도 문제지만… 저 인간 살아나봐야…."

담당 의사는 난감했지만, 그녀의 확고한 태도에 요청을 받아들일 수밖에 없었다.

　약을 끊은 뒤, 강태민의 상태는 급격히 악화하더니 결국 그날을 넘기지 못했다. 사망 선고가 내려질 때, 눈물을 흘린 사람은 아무도 없었다. 딸은 끝내 나타나지 않았고, 아내 오윤정만이 곁을 지키고 서 있었다. 그런데 그녀의 얼굴에는 슬픔 대신 무거운 짐을 내려놓은 듯한 편안함이 서려 있었다.

　중환자실 앞을 지나던 우진과 유라도 그 광경을 목격했다.
　"강태민 환자, 결국 오늘을 넘기지 못하셨네."
　우진이 낮은 목소리로 중얼거리자, 유라가 고개를 끄덕이며 조용히 대답했다.
　"그래…. 근데 사실… 환자 돌아가시기 전에, 나 그 아내분 뵀었어."
　"그래? 갑자기 약을 끊은 이유가 뭐래? 아까는 딸 때문에 눈치가 보였을까?"
　유라는 우진의 얼굴을 빤히 보며 조용히 말했다.
　"아니… 그런 이유가 아니었어."
　"그럼…?"
　유라는 가슴 한쪽이 묵직하게 내려앉는 듯한 기분을 느끼며 강태민의 아내 오윤정과 나누었던 대화를 떠올렸다.

　강태민의 아내가 약을 다 끊기로 했다는 이야기를 들은 유라는 중환자실 복도에서 공허한 눈빛을 하고 있는 오윤정에게 다가갔다. 그녀를 알아보고 목례를 하는 오윤정에게 유라가 먼저 입을 열었다.

"약을 전부 끊기로 하셨다고…."

유라의 말에 오윤정은 고개를 떨구며 힘없이 대답했다.

"네…. 굳이 살릴 이유가 있을지…."

그녀의 말을 들으며 유라는 그녀 역시 남편의 외도에 대해 알고 있거나 짐작하고 있었으리라는 생각이 들었다. 그렇다면 굳이 BVS를 통해 본 내용을 자기가 더 보탤 필요는 없을 터였다. 그래서 유라는 그저 이렇게만 말해주었다.

"잘 결정하셨어요. 세상에는… 사랑받을 자격이 없는 사람도 있으니까요."

"…."

유라의 말에 오윤정은 대답 대신 아주 조금 고개를 숙였다가 다시 들었다. 그런 그녀에게 유라가 다시 물었다.

"그런데 아까 응급실에서는… 왜 약을 쓰기로 하셨었는지, 여쭤봐도 될까요?"

"낮에는… 그 사람과의 한때 기억… 그 사람과도 좋았던 기억은 있었거든요. 그 사랑의 기억이 저를 붙잡고 놓아주질 않았어요. 그래서 어떻게든… 살리고 봐야 한다는 생각만 들었어요."

"그 기억을 끊어내는 것이 쉽지가 않겠네요."

"네. 그 사랑했던 기억이 저에겐 저주처럼 남아서 그것을 끊어내는 게 쉽지가 않았어요. 그래서 그동안 그렇게 참으며 살아왔던 것 같아요."

"잘하셨어요. 이제 편해지시면 좋겠어요."

"고맙…습니다."

오윤정은 그렇게 대답하며 고개를 들고 자리에서 일어나더니 곧장 화장실을 향해 걸어갔다. 잠깐 나타났다가 사라진 그녀의 얼굴에서 유라는 집착을 버린 한 여인의 허무하면서도 더 바랄 게 없는 무표정, 덫에서 풀려난 작은 짐승의 불안과 자유를 동시에 본 것 같다는 생각이 들었다.

생명을 살리는 것이 의사의 기본적인 사명이란 걸 그녀라고 모를 리 없었다. 하지만 이날 따라 생명을 '놓아주는' 결정 역시 때로는 살아남은 자들에게 더 큰 위로와 해방이 될지도 모른다는 생각을 쉽게 떨쳐버릴 수가 없었다. 그리하여 유라는 강태민의 아내가 떠난 뒤에도 한동안 그 자리에 돌처럼 서 있어야만 했다.

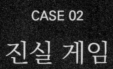

CASE 02

진실 게임

진실 게임

초여름의 어느 무덥고 습한 밤.

텔레비전에서는 연신 지구 온난화로 인해 남극의 빙하가 녹고, 해마다 더 많은 비가 쏟아진다고 걱정하는 방송을 내보내고 있었다. 정말로 그래서인지 이날 따라 하늘에서 쏟아지는 빗줄기는 더욱 거세기만 했다.

그렇게 요란한 빗줄기를 뚫고 더 요란한 사이렌 소리와 함께 경찰차 한 대가 어두운 도로를 다급하게 질주했다. 경찰차는 시온대학병원 응급실 앞에 급하게 멈추었고, 차 안에서 한 남자가 어린아이를 안은 채 다급하게 내렸다.

"살려주세요! 제 아들입니다."

남자는 절박한 표정과 목소리로 우진에게 아이를 내밀었다. 다섯 살쯤 되어 보이는 아이의 머리에서는 그때까지도 간헐적으로 피가 흐르고 있었고, 아이는 의식을 잃은 듯 전신이 축 늘어져 있었다. 신경외과 1년차라지만 몇 달 사이 이런 일에 나름 익숙해진 우진은 당황하지 않고 침착하게 의료진들에게 지시했다.

"일단 침대에 눕히세요."

아이가 침대에 눕혀지자 의료진이 분주하게 움직이기 시작했다. 간호사들이 가위로 아이의 옷을 잘라 벗기고 작은 몸에 각종 기구를 부착하는 사이, 우진은 재빠르게 환자의 상태를 체크해 나갔다. 아이는 혼수상태였고, 눈의 동공은 모두 열려 있었다. 머리에서는 여전히 피가 흐르고 있고, 혈압도 불안정했다. 아이는 생명의 끝자락에 간신히 매달린 듯 보였다.

추락한 아이 ───╱╲┤╱╲├─────────

"어떻게 된 거죠?"

우진은 아이를 안고 온 남자에게 사정을 물었다. 아이의 아빠라던 남자는 몹시 당황한 표정으로 허둥지둥 대답했다.

"3층에서… 떠, 떨어졌어요. 제가 집에 돌아왔을 때… 이, 이미 밑에 떨어져 있었어요."

우진은 남자의 말이 조금 이상하다는 생각이 들어 재차 물었다.

"떨어지는 걸 직접 본 건 아니란 말씀이죠?"

"네."

"그럼 어떻게 아이가 3층에서 떨어졌다는 걸 아셨어요?"

"제가 아까 집을 나올 때, 아이가 3층 창문에서 손을 흔들었거든요.

평소에도 애가 책상 위로 올라가 창밖으로 엄마가 오는지 보곤 했어요. 저는 급히 집에 두고 온 물건이 생각나 다시 집으로 와봤는데, 아이가 밑에 떨어져 있었어요."

남자는 불안한 기색이 역력했고, 그의 눈동자엔 공포와 혼란이 교차하고 있었다.

"일단 CT부터 찍어 봅시다."

우진의 말에 이동식 CT가 도착했고, 아이의 머리부터 발끝까지 빠르게 스캔을 진행했다. 촬영된 영상에 따르면 아이의 머리뼈에는 방사형 골절이 나 있고, 뇌 안에는 외상성 뇌출혈이 가득 차 있었다. 그나마 신체 다른 부위의 골절이나 외상 흔적은 없었다. 우진은 입술을 꾹 다물었다. 뇌 안쪽의 상태로 판단컨대 아이의 생존 가능성은 그다지 높아 보이지 않았다.

"당장 감압 수술을 해야 합니다. 하지만 뇌출혈이 너무 심해 생명을 장담할 순 없습니다."

우진이 상황을 설명하자 남자는 자신이 결정할 수 없다며 잠시만 기다려 달라고 했다. 몇 분 후, 아이의 엄마라는 여인과 검은 정장을 입은 사내들 열댓 명이 우르르 응급실로 한꺼번에 들이닥쳤다. 아이의 엄마는 아이를 보자마자 주저앉아 오열했다.

"엄마가 미안해! 아가… 엄마가… 정말 미안해!"

그 옆에서 남편이 기어드는 목소리로 중얼거리고 있었다.

"당신이… 뭐가 미안해…? 이건… 이건… 어쩔 수 없는…."

부부의 대화는 어딘가 이상해 보였는데, 그때 경찰이 다가와 우진에게 더 묘한 이야기를 꺼냈다.

"아이가 3층에서 떨어졌다는 얘기는 지금 처음 듣습니다. 우리 경찰에게 신고를 한 건 저 아이네 아파트 앞에 있는 편의점 직원이고, 그 편의점 직원 말에 따르면 아이의 아빠가 애를 안고 편의점으로 달려와서 경찰을 불러 달라고 했답니다. 신고를 받고 저희가 출동해보니 아이는 피를 흘리며 의식이 없었고, 그래서 바로 병원으로 데려온 겁니다."

우진은 혼란스러웠다. 아이의 아빠는 왜 응급 상황에서 119가 아닌 경찰을 불렀을까? 그저 경황이 없었던 것일까? 아니면 다른 이유가 있는 걸까?

그 시각, 검은 정장을 입은 일군의 사내들은 우진에게 대략적인 상황 설명을 들은 뒤 곧바로 다들 어딘가로 바쁘게 전화를 걸기 시작하고 있었다.

아이가 남긴 물음표들 ──────

우진의 의문이 꼬리에 꼬리를 물고 이어지고 있을 때, 어느새 연락을 받고 내려온 유라가 뇌 CT를 들여다보더니 경찰에게 이런 말을 꺼냈다.

"3층에서 떨어졌다고 하기엔… 골절 양상이 조금 이상해요. 신체 다른 부위에 골절이 없는 것도 이상하지만, 만약 낙상으로 인한 골절이라면 넓은 부위에 분쇄골절이 있어야 하는데, 이건 마치 충격이 한 점에서부터 주변으로 퍼져나간 것 같은 형태예요."

경찰관이 눈썹을 꿈틀거리며 그녀에게 물었다.

"그게, 무슨 말씀이죠?"

유라는 차분하고 또렷한 목소리로 설명했다.

"수박을 망치로 쳤을 때랑 바닥에 떨어뜨렸을 때랑 깨지는 모양이 다르잖아요. 여기 이 아이의 머리뼈 골절 양상은 충격점이 작은 것으로 보아 낙상이라기보다는 다른 외상일 가능성이 더 커 보여요."

경찰은 곧장 아이의 아버지를 불러 묻기 시작했다.

"왜 바로 119에 연락하지 않고 편의점으로 가셨나요?"

"제가 너무 놀라서 그랬습니다. 정신이 없었어요."

그 순간, 정장을 입은 사내 중 한 명이 다급하게 끼어들었다.

"지금 서울에 있는 큰 병원에서 즉각 수술을 받을 수 있다고 합니다. 아이를 즉시 이송하겠습니다."

검은 정장을 입은 사내들과 아이의 부모는 경찰과 함께 응급실을 떠났고, 아이는 헬기를 통해 서울에 있는 대형병원으로 이송되었다.

한바탕 파도가 휩쓸고 지나간 뒤의 조용해진 응급실 안으로 간호사 한 명이 웃으며 들어왔다.

"헐! 밖에 뭐에요? 저렇게 비싼 외제차들이 한꺼번에 저렇게 많이 움직이는 건 태어나서 처음 봐요."

하지만 금세 내부의 무거운 분위기를 알아차리고는 입을 다물었다.

그리고 얼마 지나지 않아 경찰이 다시 응급실로 찾아와 의료진에게 새로운 이야기를 전했다.

"추락 사고가 맞는 거 같습니다. 증인도 있었습니다. 지나가던 두 여성이 땅에 쓰러진 아이를 발견하고 119에 신고했어요. 그런데 구급차가 도착하기 전에 아이 아빠가 발견해서 아이를 안고 사라졌다고 하더군요."

아이가 추락한 게 맞고, 아이 아빠는 나름대로 응급 구조에 최선을 다한 것으로 보인다는 얘기였다.

그렇게 사건은 단순 사고로 마무리되는 듯했고, 응급실은 언제 그랬느냐는 듯 일상의 모습을 되찾고 있었다.

그러나 유라와 우진은 마음이 영 편치 않았다. 두 사람은 모니터 앞에 나란히 앉아 조용히 대화를 나누었다. 유라가 먼저 입을 열었다.

"이건 분명 충격이 한 점에서 가해진 골절인데…."

"내 생각에도, 낙상으로 인한 골절은 아닌 거 같아."

우진도 유라와 비슷한 생각을 하고 있음이 분명했다.

"그래, 낙상은 아니야. 분명히 아니라구."

그렇게 말하는 유라의 얼굴을 우진이 가만히 바라보더니 짧은 한마디를 토해냈다.

"설마… 아동학대?"

유라가 아주 조금 고개를 위아래로 흔들며 말을 이었다.

"그럴 가능성도 있어. 아동 폭력은 생각보다 흔해. 이건 분명히 BVS가 필요해."

그렇게 두 사람이 다른 듯 같은 이야기를 나누고 있을 때, 밖에 나갔다가 뒤늦게 돌아온 나이 든 간호사가 다른 간호사에게 물었다.

"꼬맹이 환자는 어떻게 됐어요?"

다른 간호사가 대답했다.

"서울로 갔어요."

"왜 다쳤는지는 밝혀졌어요?"

이번에는 다른 간호사가 대답했다.

"3층 높이 창문에서 떨어진 거래요. 증인도 있었다고 하고."

그 말을 들은 나이 든 간호사가 갑자기 허탈한 표정에 헛웃음을 터뜨리며 소리쳤다.

"무슨 소리야? 아이 옷이 멀쩡하고 깨끗하던데….."

"네?"

주변에 있던 의료진들이 일제히 놀라며 그 간호사 앞으로 몰려들었다.

"제가 아까 벗긴 아이 옷 여기 있잖아요."

그러면서 한켠에 버려진 듯 놓여 있던 아이의 옷을 집어 들었다.

"한번 보세요. 이렇게 비가 쏟아지는데…, 3층 높이에서 땅에 떨어졌다면서, 옷에 흙이 하나도 안 묻는다는 게 말이 돼요?"

모두 방금 전 처치를 하느라 가위로 잘라낸 아기의 하얀 옷을 바라보았다. 비에 젖긴 했지만, 흙 하나 묻지 않은 옷이었다. 다들 아연실색해질 수밖에 없었는데, 응급실 밖에는 여전히 빗소리만 요란할 뿐이었다.

뒷이야기 ──∿╱╲∿──

우진이 곧장 휴대전화를 꺼내 방금 전 받은 경찰관의 명함에 적힌 번호를 누르기 시작했다. 한 시간도 지나지 않아 경찰이 다시 병원에 나타났고, 유라와 우진의 설명을 들은 뒤 아기의 옷을 증거로 가져갔다. 하지만 경찰의 추궁에도 아이 아빠는 한사코 아기가 추락한 것이라고 주장했다.

이튿날, 경찰은 아이의 엄마에게 BVS를 실시해보자고 설득했다. 아이의 소생 가능성이 높지 않다는 걸 인정한 아이 엄마가 결국 동의했고, 마침내 아이를 수술한 병원에서 다시 BVS 시술까지 진행했다.

경찰의 조사 과정에서는 흥미로운 사실이 여럿 드러났는데, 우선 아이의 엄마는 전국적으로 악명 높은 조폭 집안의 외동딸이었다. 또 응급실에 아이를 안고 왔던 남자는 그녀의 두 번째 남편이고, 아이는 이혼한 첫 번째 남편과의 사이에서 태어난 외아들이었다.

BVS 영상에는 사건 당시의 장면이 고스란히 담겨 있었는데, 남편이 집에서 아이와 놀던 중 우발적인 사고로 아이의 머리에 치명적인 상처를 입힌 것이었다. 아이는 곧바로 의식을 잃고 쓰러졌다.

BVS를 통해 이런 사실을 알게 된 경찰은 아이 아빠를 다시 심문했고, 남자는 그제야 사실을 털어놓았다. 그에 따르면, 아이가 의식을 잃고 쓰러지자 그는 자기가 살인자로 몰릴 걸 걱정하여 사고로 위장하기로 했다고 한다.

그는 우선 평소에 자주 다니던 술집 여종업원에게 119로 신고 전화를 해달라고 부탁했다. 실제로 그 술집의 아가씨 두 명이 차례로 119에 전화를 걸어 어린아이가 높은 창문에서 떨어져 땅에 쓰러져 있다고 신고했고, 119에서는 곧장 현장으로 출동했다. 하지만 119 대원들이 현장에 도착했을 때는 이미 아이 아빠가 아이를 안고 어딘가로 급히 뛰어가더라는 주변 목격자들의 증언만 들을 수 있을 뿐이었다.

실제로도 남자는 의식을 잃은 채 쓰러진 아이를 안고 집 밖으로 뛰어나갔다. 그때 마침 밖에는 비가 쏟아지고 있었는데, 당황한 그는 아이를 안고 무작정 빗속을 뛰었다. 아이가 3층에서 유리창 밖으로 떨어졌다는 말을 하려면 최소한 아이가 비에 젖어 있어야 하리라는 생각에서 그렇게 한 것이다. 아파트 입구에 편의점이 하나 있었는데, 사내는 다짜고짜 그 안으로 달려가 직원에게 경찰을 불러 달라고 소리쳤다.

다친 아기를 안고 더 뛰어다니는 것도 이상하고, 다시 119에 신고를 한다는 것도 어쩐지 어색해서 경찰을 찾은 것이다. 이로써 경찰차가 출동하게 되었고, 이들 부자는 119의 구급차가 아니라 경찰차를 타고 병원으로 오게 된 것이었다.

하지만 병원에서 실시한 BVS 때문에 결국 이 남자의 모든 노력은 수포로 돌아가고 말았다.

"아이 아빠는 결국 유기치사죄로 구속되어 재판을 받게 되었습니다."

며칠 뒤 병원에 찾아온 경찰관은 이야기에 매듭을 지으려는 듯 아이 아빠의 최근 근황을 전해주었다. 하지만 우진이나 유라가 더 궁금한 건 아이의 생사 문제였다.

"아이는 어떻게 됐나요?"

우진이 물었을 때, 경찰관은 다소 어두운 표정이 되어 천천히 대답했다.

"여전히… 혼수상태랍니다. 병원에서는… 심장 장기기증을 고민하고 있다는 얘기도 나오고….

"으음."

우진과 유라가 동시에 긴 한숨을 토해내고 있을 때, 경찰관은 어느새 볼일을 다 마쳤다는 듯 가볍게 고개를 숙여 보이고는 몸을 돌려 현관 쪽으로 걸어가기 시작했다.

"아기 엄마 생각나?"

둘만 남게 되었을 때 우진이 먼저 입을 열어 유라에게 물었다.

"기억나. '엄마가 미안해, 엄마가 미안해' 하면서 껵껵 울던…. 근데 그건 왜?"

"내 생각에…, 그 아기 엄마는 말이지, 처음부터 남편이 아이를 다치게 했으리라는 걸 짐작하고 있었던 거 같아."

"그럼 남편 탓을 해야지, 왜 자기 탓을 하면서 그렇게 울었을까?"

이번에는 유라가 우진의 얼굴을 빤히 올려다보며 조금 이상하다는 눈빛으로 물었다.

"아이 엄마는 남편의 평소 성격이나 태도 같은 걸 잘 알고 있었을 거고, 처음부터 사고의 원인을 짐작했을 거야. 문제는 그런 조심성 없고 거친 남편에게 아이를 맡겨놓은 자기 자신, 그런 자기가 더 원망스러울 수도 있다는 거지."

"그래, 그럴 수도 있긴 하겠네. 하지만 아무리 울고불고 난리를 쳐도… 결국 제일 불쌍한 건 아이겠지. 태어난 지 겨우 5년 만에…."

유라는 말끝을 흐렸다. 우진 역시 더 보탤 말이 떠오르지 않았다. 죽음이야 이들이 누구보다 많이 보고 겪는 것이지만, 건강하게 태어나 잘 자라던 다섯 살짜리 아이의 갑작스러운 죽음에는 이들도 결코 익숙해질 수가 없는 것이다.

"아이의 심장…, 그 작은 심장이, 멈추지 않고 다른 아이의 가슴에서라도 계속 뛸 수 있다면, 그래도 가치가 아예 없는 건 아닐 거야. 슬픈 일이지만, 그 자체로 의미가 있는 일일 거야."

우진은 유라의 어깨에 팔을 얹으며 그렇게 그녀를 위로했다. 실제로도 우진은 그 어린 심장, 짧았던 생애 끝에 마지막으로 남긴 그 작은 심장이, 다른 누군가에겐 목숨만큼 소중한 선물이 될 거라고 생각했다. 그 희망의 씨앗은 작은 가슴 속에서 새로운 맥박으로 다시 피어날 것이고, 아이의 죽음도 끝이 아니라 새로운 삶의 시작을 알리는 박동이 될 것이었다.

CASE 03

더 깊게, 더 멀리

더 깊게, 더 멀리

보름달이 환히 빛나는 한여름 밤, 왕복 8차선 도로의 교차로 한복판이다. 새벽 세 시의 적막을 깨뜨린 것은 구급차와 경찰차의 사이렌 소리. 이들의 번쩍이는 경광등 옆에 힘없이 쓰러진 두 대의 오토바이가 보인다.

구급차는 서둘러 병원을 향해 출발했고, 조금 떨어진 곳에서 이를 지켜보던 다섯 대의 오토바이들도 굉음을 내며 그 뒤를 따라갔다. 그리고 멀리 고층 건물 옥상에는, 이 광경을 처음부터 내려다보는 두 사내가 묵묵히 서 있었다.

수상한 아이들 ⎯⎯⎯∿⎯⎯⎯

시온대학병원 응급실에 도착한 두 대의 구급차 중 하나에는 피로 칠갑 되어 얼굴을 알아보기조차 힘들 게 된 소년 하나가 실려 있었다. 오토바이를 타고 뒤따라온 그의 친구들이 '야 최승욱, 최승욱!' 하며 그의 이름을 불렀지만, 아이는 미동조차 하지 못했다. 처음부터 맥박이 잡히지 않았으므로 아이는 구급차에 실리는 순간부터 계속 심폐소생술을 받으며 응급실로 실려 왔다.

또 다른 구급차에도 같은 또래의 소년 하나가 실려 있었는데, 뇌출혈 증세가 있어서 곧장 신경외과로 인계되었다. 뒤따라온 아이들이 그의 이름이 '이민혁'이라고 접수를 받는 간호사에게 알려주었다.

당직을 서던 우진은 곧바로 응급수술 준비에 들어갔다. 수술 준비에 앞서 우진은 컴퓨터 모니터를 통해 환자의 뇌 CT 사진과 차트를 살펴보았다. 헬멧을 착용한 상태에서 사고를 당했다는데, 상황이 의외로 심각해 보였다.

"음…. 수술이 급하네요. 근데, 환자 신원확인이 아직 안 됐나요? 왜 이름밖에 없죠?"

곁에 있던 인턴이 조금 우물쭈물하더니 겨우 대답했다.

"중학생이라는데…, 학생증도 없고… 휴대전화도 박살이 났는지 안 보이고…."

"음. 그럼 이름은 어떻게 알았죠?"

"친구들이 있습니다."

"친구들이요?"

"네, 사고 당시 같이 오토바이를 타던 친구들 몇 명이 지금 복도에 와 있습니다."

그제야 우진은 응급실 안과 복도 쪽을 한 차례 휘익 둘러보았다. 자신이 맡은 이민혁이라는 아이 외에 또 다른 소년 하나가 피투성이 상태로 심폐소생술을 받고 있고, 복도에는 앳된 얼굴의 아이들 몇 명이 창문에 붙어 안쪽을 들여다보며 울고 있었다. 우진은 그 아이들 곁으로 다가가 물었다.

"애들아, 지금 민혁이가 머리에 뇌출혈이 있어서 응급수술을 해야 하는데, 너희 중에 민혁이 부모님 전화번호 아는 친구 없니?"

우진의 질문에 누구도 선뜻 나서지 않았다. 대신에 아이들은 자기들끼리 급하게 대화를 이어갔다.

"너 알아?"

"아니! 너는?"

"민혁이 부모님 전화번홀 누가 알겠냐?"

"하긴."

"나도 몰라."

다섯 명의 아이들이 서로를 바라보며 고개를 저었다. 우진은 한숨을 깊이 내쉬었다.

"한시가 급한데…."

응급실의 시계도 멈추거나 느려지는 법은 없어서, 골든타임이 그야말로 시시각각 지나가고 있었다. 보호자의 동의 없이 수술을 진행한다는 것은 의사에게 큰 부담이지만, 눈앞에서 생명이 꺼져가는 것을 그냥 두고 볼 수도 없었다. 다급한 마음에 우진은 경찰관에게 다가가 물었다.

"환자 신원 파악은 아직인가요?"

무전기와 휴대전화를 양손에 하나씩 들고 있던 경찰이 무덤덤하게 대답했다.

"아직입니다. 서에서 학교에 확인 중이라니, 곧 되긴 할 겁니다."

새벽 세 시에 문 닫힌 학교에 연락해서 아이의 신원을 알아낸다는 게 가능한 일인지, 우진은 쉽게 이해가 가지 않았다. 하지만 그라고 다른 수가 있는 것도 아니었다. 그런데 그때 한 아이가 손을 번쩍 치켜들며 이렇게 외쳤다.

"저, 민혁이네 집에 가본 적이 있어요."

어느 중딩의 엄마 ───◠◡◠───

우진이 그 아이에게 바투 다가서며 물었다.

"민혁이네 집을 안단 말이지?"

"네, 며칠 전에 갔었어요. 미진아파트 302동에 7층인가 그랬어요."

아이의 대답은 퍽 애매했다. 우진이 미심쩍은 눈으로 그 아이를 바라보자 아이가 다시 입을 열었다.

"아파트 단지에 가면 몇 동 몇 호였는지, 쉽게 찾을 수 있어요. 숫자는 몰라도… 몸은 기억하거든요."

"정말 찾을 수 있겠니?"

그렇게 되묻는 우진의 말이 채 끝나기도 전에, 아이는 자기 머리에
헬멧을 뒤집어쓰더니 다른 아이의 헬멧 하나를 빼앗듯이 더 챙겨 들
고는 현관 쪽으로 급히 뛰기 시작했다.

"금방 갔다 올게요."

그렇게 아이 하나를 보내고 우진은 수술 준비를 서둘렀다. 그리고
얼마 지나지 않아 복도에서 서성이고 있는 남은 아이들 가운데 한 아
이가 민혁이 엄마가 오고 있다고, 민혁이네 집에 갔던 아이가 오토바
이로 직접 아이 엄마를 모시고 병원으로 오는 중이라고 소식을 전해
왔다. 실제로 채 10분도 지나지 않아 머리에 오토바이용 헬멧을 착용
한 한 여성이 응급실 문을 박차고 들어왔다.

"우리 민혁이 어디 있어요?"

자다가 급하게 불려 나온 탓인지 그녀는 여름용의 얇은 반바지에
민소매 티셔츠 차림으로 슬리퍼를 꿰고 있었는데, 보통사람보다 키가
조금 크고 체형도 날씬했다. 그녀의 머리에는 여전히 오토바이를 탈
때 쓰는 헬멧이 그대로 씌워져 있었다.

아이들이 우진을 가리키며 말했다.

"아줌마, 이 선생님이 민혁이 의사 선생님이에요."

여인은 그제야 자기가 오토바이용 헬멧을 여전히 쓰고 있다는 걸 알아차리고는 다급하게 헬멧을 벗었다. 그 순간, 여인의 긴 생머리가 갇혀 있다가 풀려나며 일제히 긴 풀잎처럼 흩날렸다. 게다가 응급실의 환한 조명 아래 드러난 여인의 얼굴은 더없이 아름다웠다. 쌍꺼풀진 둥근 눈과 검은 눈동자, 오뚝한 콧날, 그린 듯 반듯한 입술이 우진의 시선을 단박에 사로잡았다. 텔레비전에서 본 사람인가, 하는 생각이 잠깐 스쳐 지나갈 정도였다.

더욱 놀라운 것은 그녀의 나이가 짐작했던 것보다 너무 어려 보인다는 것이었다.

"우리 민혁이는 괜찮나요?"

넋이 나가서 창백해진 얼굴로 그녀가 물었을 때 우진 역시 넋이 나가서 엉뚱한 소리를 하고 말았다.

"정말로 다친 아이 엄마신가요?"

그러자 여인은 어리둥절한 표정을 짓더니 대답했다.

"네, 제가 이민혁이 엄마, 친엄마입니다."

우진은 물론 더 물을 말이 없었다. 하지만 가슴 한구석에는 도무지 믿기 어렵다는 의심이 가시지를 않았다. 여인은 아무리 봐도 20대로 보였고, 중학생 아들을 두었을 나이의 여성이라고는 도저히 믿기지 않았던 것이다.

"죄송합니다. 너무 젊어 보이셔서…."

우진은 그렇게 말하는 자신이 바보 같다는 생각을 하며 얼른 말꼬리를 돌렸다.

"이쪽으로 와보세요."

우진은 민혁이라는 아이 엄마를 모니터 앞으로 데리고 가서 사정을 설명하기 시작했다.

"여기 하얗게 보이는 부분이 출혈 흔적이에요. 이 출혈이 지금 뇌를 압박하고 있어서, 머리뼈를 열어 출혈을 제거하는 수술을 할 예정입니다."

"선생님, 제발 살려만 주세요, 제발!"

그렇게 울먹이는 여인에게 우진은 우선 수술동의서를 내밀었다.

"여기에 사인을 좀…."

볼펜을 받아쥔 아이 엄마는 동의서를 대강 훑어보더니 또박또박 자기 이름을 적어 넣었다.

'환자의 모, 최민경.'

이어 실제로 연예인들이나 할 법한 사인을 멋들어지게 갈겨썼다. 그러면서 누구를 향해 하는 말인지 모를 말을 중얼거렸다.

"하필, 지 생일날 이게 뭔…."

"오늘이 아이 생일이었군요?"

꼭 대답을 듣자는 것은 아니었는데, 아이 엄마는 의사의 말에는 무조건 성실하게 대답해야 한다는 태도로 이렇게 입을 열었다.

"친구들과 생일파티를 한다고…, 열 시쯤 집에서 나갔는데…, 전 애가 안 온 것도 모르고 잠만 자고 있었어요, 흑흑."

우진은 여인이 느끼고 있을 당혹감과 절망, 좌절과 죄책감의 깊이를 헤아릴 수는 없었다. 하지만 그녀가 아이의 진짜 엄마라는 사실에 대해서는 더 이상 아무런 의심도 들지 않았다.

"저희가 최선을 다해 수술하겠습니다."

우진이 그렇게 말하며 바라본 여인의 얼굴에는 어느새 몇 줄기나 되는 눈물이 줄줄 흘러내리고 있었다.

"네, 선생님. 제발 부탁드려요. 제가 어떻게 키운 아들인지… 선생님들은… 모르실 거예요."

그렇게 억지로 눈물을 참으며 말을 이어가는 여인을 뒤에 남겨둔 채, 우진은 스텝들과 함께 다급하게 수술실로 향했다.

기묘한 후유증 ———⋀᷄⋁᷄⋀᷄——————

긴박한 시간이 지나고, 다행히 이민혁의 응급수술은 무사히 끝이 났다. 머리 안의 출혈은 모두 제거되었고, 다행히 재출혈 같은 심각한 합병증도 나타나지 않았다. 수술이 끝난 직후에 신경외과 교수 김승태가 보호자 최민경에게 수술 결과와 향후의 치료 일정을 설명했지만, 그녀의 귀에는 아무 소리도 들리지 않는 모양인지 그저 눈물만 줄줄 흘릴 뿐이었다.

다음날, 신경외과 중환자실.

다행히 이민혁은 하루 만에 눈을 뜨고 의식을 되찾았다. 하지만 함께 사고를 당한 최승욱이라는 아이는 여전히 혼수상태였다. 간신히 응급실에서 중환자실로 옮겼지만 그의 활력 징후는 여전히 불안정했고, 언제 깨어날지 알 수 없는 상태였다. 중환자실 밖에서는 최승욱의 부모가 경찰을 붙들고 거칠게 항의하고 있었다.

"아니, 어떻게 같이 오토바이를 타다 넘어졌는데, 우리 아들만 이렇게 될 수가 있냐구요? 저쪽 애가 우리 애를 밀어서 그런 거 아니에요? 철저히 조사해 주세요!"

경찰은 폭주족이 분명한 아이의 부모에게, 한껏 공손하고 예의 바르게, 아니 조금은 비굴하다 싶을 정도로 몸을 낮추고 목소리를 가다듬으며 대답했다.

"어머님! 저희도 CCTV들을 차례로 다 확인을 하고 있습니다만…."

하지만 다급해진 아이의 부모는 경찰의 그런 대답을 듣고 싶지 않은 모양이었다. 아이의 아버지가 갑자기 이런 주문을 했다.

"BVS를 합시다. 그거 해보면 정확히 알 수 있겠죠."

결국 부모들의 요청과 경찰의 승인에 따라 병원 측은 최승욱이라는 학생을 상대로 BVS를 시행했다. 유라와 경찰관이 함께 영상을 확인했는데, 거기에는 두 대의 오토바이가 시속 150킬로 이상의 속도로 왕복 8차선의 도로를 지그재그로 질주하는 모습이 담겨 있었다. 이민혁과 최승욱이라는 두 중학생이 탄 문제의 오토바이들이었다. 두 오토바이는 교차로에서 빠르게 커브를 돌다가 결국 속도를 제어하지 못한 채 뒤엉키며 충돌했다. 그런데 그 순간이 최승욱의 BVS 영상에서도 너무나 짧고 순간적이어서, 사고 원인의 정확한 분석은 여전히 쉽지 않아 보였다. 경찰은 더 정밀한 검토를 해보겠다며 영상 사본을 가져갔다.

한편, 신경외과 중환자실에서는 의식을 되찾은 이민혁이 예상치 못한 행동을 보이고 있었는데, 의사 간호사 가릴 것 없이 누구에게나 반말을 지껄이고 걸핏하면 거친 욕설을 퍼붓는 것이었다.

"이런 씨발! 꺼져, 꺼지라고!"

"뭐? 어쩌라고, 씨발!"

우진은 아이 엄마 최민경에게, 민혁이가 뇌출혈에 따른 후유증으로 전두엽에 손상을 입어서 감정 조절에 어려움을 겪는 것으로 보인다고 설명해주었다. 그런데 최민경은 대수롭지 않다는 투로 이런 상태가 얼마나 지속될 것인지만 물었고, 우진은 대부분 곧 나아진다며 안심을 시켰다. 하지만 중환자실의 간호사들은 매일같이 고래고래 소리를 지르고 욕을 해대는 중학생 아이에게 이내 넌더리를 내게 되었다. 그렇다고 달리 대책이 있는 것도 아니었다. 그가 아무리 망나니짓을 해도, 뇌 손상 후유증 때문이라니 그저 이해하고 넘어가는 수밖에 달리 뾰족한 수가 없었다. 그럼에도 간호사들의 스트레스는 이만저만이 아니어서, 이민혁에 대한 소문은 곧 온 병원 안에 다 퍼질 지경이 되었다.

그러던 어느 날, 중환자실의 수간호사 선생이 우진에게 뜻밖의 말을 했다.

"1년차 선생님! 근데 민혁이가 서유라 선생한테는 꼬박꼬박 존댓말을 하더라구요."

우진은 무슨 말인가 싶어 얼떨결에 이렇게 되물었다.

"정말요?"

전두엽 손상으로 감정 조절이 어렵게 된 것이라면, 누구에게나 똑같이 예의 없이 대하는 게 일반적일 텐데, 유독 유라에게만 존댓말을 한다니 퍽 이상하다는 생각이 들었다.

"그렇다니까요. 좀 이상하죠? 교수님이나 나이 많은 3년차 한상식 선생한테도 반말을 지껄이고 욕을 해대는데, 서유라 선생한테는 저번에 한 번 혼이 난 뒤로 아주 예의 바른 아이가 되었다니까요."

"에이, 설마요."

그렇게 대꾸하면서 우진은 점점 혼란스러워졌다.

'어쩌면 뇌 손상이 원인이 아니라, 원래부터 인성에 문제가 있는 건 아닐까?'

의료진을 향한 아이의 막말과 욕설을 후유증 탓이라며 다들 참아 왔는데, 만약 그게 사실이 아니라면 정말 심각한 또 다른 문제가 있을 수 있다는 뜻이었다. 그리고 그 문제에 대한 치료는, 아마도 우진이 할 수 있는 일은 아닐 것이였다.

"진짜 이상하죠? 민혁이가 원래 그런 놈인 것 같기도 해요."

수간호사는 점점 노골적으로 우진의 진단을 불신하는 투였다. 그렇다고 그녀 탓을 할 처지가 아니란 걸 우진 역시 이제 막 깨닫고 있었다. 우진은 조금 더 그녀의 생각을 들어보고 싶었다.

"근데 서유라 선생이 민혁이를 혼낸 적이 있다구요?"

"네, 그런 비슷한 일이 있었어요."

"비슷한 일?"

"혼을 냈다기보다… 충고를 좀 따끔하게 한 모양이에요. 민혁이한 테 '네 엄마가 너 때문에 힘들어서, 당장이라도 쓰러질 지경'이라는 뭐 그런 얘기를 했다고 하더라고요."

"그 정도 얘기로 민혁이가 서유라 선생한테만 존댓말을 쓰게 됐다 구요?"

우진으로서는 선뜻 납득하기 어려운 얘기였다. 그런데 수간호사는 갑자기 얼굴 가득 심술궂은 표정을 지어 보이더니 이렇게 대답했다.

"에이, 다 아시면서 뭘. 서유라 선생 카리스마, 아니 포스가 장난 아니잖아요. 같은 말을 해도 듣는 사람은 다들 다르게 듣잖아요. 우 리 1년차 선생도 솔직히 서유라 선생이 얘기하면 메주로 콩을 쑨대도 믿을 거잖아요, 안 그래요?"

우진을 놀려먹는 게 재미있다는 듯 수간호사는 대놓고 키득거렸다. 그러더니 갑자기 또 다른 얘기를 꺼냈다.

"근데, 싸가지는 없어도 진짜 잘생기긴 했어요. 선생님, 저렇게 잘 생긴 중학생 저는 처음 봐요. 연예인 해도 될 거 같죠?"

이민혁은 실제로 뇌 수술을 하느라 머리카락을 박박 밀었음에도 깎 아놓은 조각상 같은 얼굴을 하고 있었다. 아직 앳된 나이인데도 성숙

한 어른에게서나 보일 법한 우수 같은 것이 눈에 서려 있고, 이목구비가 가지런하고 커서 누가 봐도 눈길이 갈 외모였다. 모전자전이 분명하다고 우진은 잠깐 생각했다. 그렇다면 아이의 아빠는 어떨까? 생각이 거기에 미치는 순간, 우진은 아이 아빠를 한 번도 본 적이 없다는 사실을 퍼뜩 깨달았다.

목숨의 값

또 다른 중학생 폭주족 최승욱은 결국 사망했다. 아이의 부모는 절망에 빠져 병원 전체가 떠나가라 울었고, 중환자실 복도에 서서 한동안 이민혁을 매섭게 노려보다가 돌아갔다. 이를 본 이민혁은 이를 악물고 소리쳤다.

"내 잘못이 아니라고, 씨발! 불만 있으면 덤벼보든가, 빙신 새끼들!"

경찰도 최승욱의 부모에게 이민혁의 잘못만은 아니라고 설명했다.

"둘이 새벽에 경주를 한 것으로 보입니다. 시속 150킬로 가까이 달리다가 커브 길에서 그만 둘이 부딪친 거예요. 누가 의도적으로 밀거나 한 건 아니었습니다."

그러나 최승욱의 부모는 납득하지 못했다. 자기들이 신청해서 진행한 자기 아들의 BVS 영상이 있음에도 말이다. 아이가 사망하던 날, 그 부모들은 이렇게 소리쳤다.

"아니 어떻게 한 새끼는 멀쩡하고… 우리 승욱이만 죽냐구? 기다려 봐, 우리가 가만히 있나."

실제로 그들은 가만히 있지 않았다. 그날 밤, 낯선 두 남자가 병원에 찾아와 최승욱의 주치의를 찾았다. 당직을 서고 있던 유라가 그들을 만났다.

두 사내는 자기들을 각각 사망한 최승욱의 삼촌과 사촌 형이라고 소개했는데, 그중에 삼촌이라는 사람은 자기 직업이 변호사라고 했다. 그러더니 다짜고짜 이런 요구를 해왔다.

"승욱이의 의무기록을 좀 받아가야겠습니다."

느리고 점잖은 말투였지만 부탁이라기보다는 명령에 가까웠다. 게다가 그의 뒤편에 선 사촌 형이라는 남자는 180은 넘어 보이는 장신에 체구가 비대하고 인상도 험상궂어서 얼핏 조폭처럼 보였다.

"의무기록은 가족이, 가족관계증명서를 가져와야 발급이 됩니다."

유라는 조금 무표정하고 심드렁하게 대답했다.

"그럼 여기서 열람이라도 해야겠습니다. 바로 좀 봅시다."

"불가능합니다."

유라는 열람 역시 가족관계증명서가 필요하다고 단호하게 대답했다. 그러자 그때까지 뒤편에 조용히 서 있던 사촌 형이란 사내가 갑자기 화를 내며 소리를 지르기 시작했다.

"아니, 가족이 해달라는데, 뭐가 안 된단 말이여?"

"댁들이 가족인지 아닌지, 저는 모릅니다."

유라는 표정 하나 흐트러뜨리지 않았다. 그러자 삼촌이라는 자가 손을 들어 사촌 형이라는 자를 제지했다. 그러더니 천천히 입을 열어 이렇게 말하는 것이었다.

"자알, 아주 자알… 알겠습니다. 그렇다면 가해자 새끼나 그 부모하고 직접 해결해야겠군요, 의사 선생님! 가급적이면 합리적으로 조용하게 해결을 해보고 싶었는데…, 이렇게 도와주질 않으시니, 좀 섭섭하고 유감입니다."

변호사인지 협박 전문가인지 모를 그의 말을 들으면서 유라는 자기가 정말로 문제를 해결하고 있는 것인지, 아니면 키우고 있는 것인지 조금 걱정이 되었다. 하지만 의무기록을 보여준다거나 최승욱의 사망 원인에 대해 아무리 자세히 설명한다 해도, 이들이 하려는 짓을 멈추지 않으리라는 예감만은 분명하게 들었다. 늦은 시간임에도 우진에게 전화를 걸어 두 사내의 방문 이야기를 자세하게 들려준 건 그런 불안과 불길한 예감을 유라도 혼자서는 도무지 떨쳐버릴 수가 없기 때문이었다.

불길한 징조는 대체로 실현되는 법이어서, 그다음 날 아침 중환자실 앞에서는 한바탕 소란이 벌어졌다. 면회를 온 이민혁의 모친 최민경과, 면회객을 가장하고 중환자실 앞에까지 찾아온 예의 그 사내들이 복도에서 딱 마주친 것이다.

"민혁이 엄마?"

앞길을 가로막은 건장한 두 사내의 등장에 최민경은 무척 당황하는 눈치였다.

"네."

그녀는 아주 짧게만 대답했고, 눈길은 두 사내의 위아래를 재빨리 훑어보고 있었다.

"저는 변호사 최창진입니다. 이번에 승욱이 사고와 관련해서 찾아왔습니다."

최창진이란 사내, 전날 유라에게 승욱이 삼촌이라던 남자가 최민경에게 고개조차 숙이지 않은 채 말했다.

"저를 찾아오셨다는 겁니까? 무슨 일로요?"

최민경은 주눅이 들지 않으려는 듯 애써 허리를 꼿꼿하게 세우며 되물었다.

"단도직입적으로 말씀드리죠. 이 사건, 피해자 측과 합의하시죠."

"누가 피해자고… 누가… 가해잔데요?"

짐짓 태연을 가장해 보지만, 최민경의 목소리는 누가 들어도 이미 가늘게 떨리고 있었다. 최창진이라는 사내는 승기를 잡았다고 생각했는지 속사포처럼 다음 말을 이어나갔다.

"양쪽 다 잘잘못은 있을 겁니다. 하지만 승욱이는 결국 사망했어요, 죽었단 말입니다. 반면에 아줌마네 애새끼는 멀쩡하죠. 똑같이 잘못이 있다면, 이런 결과는 너무 불공평하잖아요. 저희는 경찰의 무혐의 처분에 법으로 대응할 계획도 이미 다 세워놨습니다. 저희의 고발장이 정식으로 서울중앙지검에 접수되면, 아마 경찰의 엉터리 봐주기 수사와는 완전히 다른 수사가 다시 시작될 겁니다."

"수사를 다시 한다고요?"

최민경의 얼굴은 점점 하얘지고 있었는데, 경찰이 끝낸 수사를 중앙지검인지 뭔지 하는 데서 다시 시작한다는 게 무슨 소리인지 도저히 이해할 수 없다는 표정이었다.

"마침 중앙지검에 제 법대 동기가 한 명 있어서 전화로 물어봤더니, 정식 고소장만 접수되면 자기가 책임지고 진상을 밝혀주겠다고 하더군요. 이런 사건, 그 친구들에겐 식은 죽 먹기죠."

최민경은 이제 어안이 벙벙해진 표정으로 입술까지 조금 벌어져 있었지만, 거기서는 어떤 말도 새어 나오지 못했다. 변호사라는 자가 다시 입을 열었다.

"합의가 잘 되면 승욱이 엄마 아빠는 제가 잘 달래보겠습니다. 죽은 승욱이도 안타깝긴 하지만, 굳이 앞날 창창한 민혁이까지 소년원에 보내서 이 사건을 너 죽고 나 죽자는 식의 막장드라마로까지 끌고 갈 필요는 없을 테니까요."

"소년원…? 합의…?"

최민경이 한마디를 내뱉었지만 사내들이 그 말을 들었는지 확인하기는 어려웠다. 그만큼 그녀의 목소리는 이미 모깃소리처럼 작아져 있었다. 실제로 이번에는 사촌 형이라는 사내까지 나서서 최민경을 겁박하기 시작했다.

"중얼거리지 말고…, 합의한다고 확실히 말해요. 아들내미, 교도소 보낼 겁니까?"

"…."

최민경은 말을 잇지 못했고, 그러자 다시 예의 그 험상궂은 조폭 같은 사내가 목소리를 더 키웠다. 이번에는 아예 대놓고 반말에 협박이었다.

"설마, 합의 못 하겠다는 건 아니지? 승욱이는 차가운 땅속에 묻히게 됐는데…. 아줌마, 우리가 착해 보여?"

사내들의 위세에 눌린 최민경이 아랫배에 잔뜩 힘을 주며 겨우 입을 열어 내놓은 말은 이런 것이었다.

"얼마나…?"

그러자 기다리고 있었다는 듯 변호사가 아니라 조폭 같은 사내가 앞으로 쓰윽 나서며 최민경의 귀에 대고 조용히 속삭였다. 복도와 그 주변에 간호사들을 비롯해 이 사태를 보고 듣는 눈과 귀가 많다는 걸 그들도 의식하고 있었던 것이다. 하지만 이들의 시도는 실패로 돌아갔는데, 그들이 부른 액수에 너무 놀란 최민경이 큰 소리로 이를 복창했기 때문이다.

"1억?"

그러자 다시 사촌 형이라는 사내가 더 큰 소리로 외쳤다.

"아들이 죽었는데… 우리 보호자 분들, 얼마나 슬프겠어, 엉? 1억이면 싼 거지, 이 아줌마가…."

그때, 신고를 받고 출동한 병원 경호팀이 현장에 나타났고, 변호사라는 사내는 최민경에게 던져주듯 명함을 건네며 마지막 말을 남기고 떠났다.

"돈 준비 되면 연락하세요. 오래는 못 기다립니다."

미혼모 ──∧√────────

이 일은 곧 신경외과 전체에 소문이 났다. 우진은 중환자실 옆을 지나가다 수심에 잠긴 최민경을 발견하고 걸음을 멈추었다. 그녀는 피곤해 보였고, 그를 보자 고개를 숙이며 대뜸 사과부터 했다.

"선생님, 정말 죄송해요. 민혁이가 하루 이틀 사고를 치는 건 아니지만… 이번에는 정말 힘이 드네요."

그런 최민경에게 우진은 진작부터 궁금하던 것을 물었다.

"근데, 저, 민혁이가 원래 아무한테나 저렇게 욕을 하나요?"

"네…, 맞아요. 처음 보는 어른에게도 저렇게 욕을 해요."

우진은 기가 막혔다. 아이도 문제지만, 그런 아이를 방치하는 부모가 있다는 사실도 이해하기 어려웠다.

"근데 왜 그냥 놔두세요? 어머님이 바쁘시면 아버님이라도 그렇게 못하도록 혼을 내셔야죠."

그때 뜻밖의 대답이 돌아왔다.

"애 아빠는… 없어요. 사실 제가 어릴 때, 결혼도 안 하고… 민혁이를 낳았거든요."

우진은 자기도 모르게 '헐!'이라는 말을 내뱉었다. 최민경은 미혼모로, 젊은 나이에 혼자 아이를 키우고 있었던 것이다.

"제 잘못이죠, 뭐. 제가 잘 키우지도 못할 거면서 애를 낳아서…. 일하면서 아이 키우는 게 생각처럼 쉽지가 않네요. 민혁이한테 신경 쓸 시간도 많이 없고…."

그녀의 눈가가 촉촉해졌다. 우진은 괜히 이런 말을 꺼냈나 싶어 미안해졌다. 최민경은 확실히 중학생 아들을 둔 엄마치고는 너무나 젊어 보였는데, 미혼모로서 감당해야 했을 말 못 할 어려움과 사회적 편견에도 불구하고 여전히 꿋꿋하게 아이를 키우고 있는 모습만은 충분히 존경스러웠다.

"죄송해요…. 저는 그런 줄도 모르고…."

"아니에요. 사실…, 그렇게 키울 거면서 왜 낳았느냐는 말…, 평소에도 많이 들어요. 민혁이가 사고를 어지간히 쳐야 말이죠, 휴."

최민경은 고등학생 시절 예상치 못한 임신을 했다고 한다. 그 소식을 남자친구에게 전했을 때, 그는 '준비가 안 됐다.'며 대놓고 지우라고 요구했다. 그녀도 혼자 아이를 키울 자신이 없어 부모님과 상의 후 산부인과를 찾아갔다. 그러나 초음파 검사 화면 속, 생명을 감싸고 있는 작은 주머니를 본 순간 최민경은 마음을 바꾸었다. 혼자서라도 아이를 낳아 기르기로 작정한 것이다.

당시 최민경은 고등학생 모델로 활동하며 광고 촬영까지 하는 등 나름의 성공 가도를 달리고 있었다. 하지만 주변의 반대에도 불구하고 그녀는 소속사에 위약금을 물면서까지 아이를 낳기로 선택했다. 말하자면 그녀의 선택은 단순한 용기가 아니라 자신이 가진 모든 것을 걸고 내린 인생 최대의 결단이었다.

이후 친정 부모님의 도움을 받아 민혁을 키워 나갔지만, 그 과정이 결코 쉽지는 않았다. 민혁은 초등학교 시절부터 크고 작은 사고를 치기 시작하더니, 중학생이 되자 친구들과 밤마다 오토바이를 타고 다니며 끊임없이 문제를 일으켰다.

"후회되시겠네요."

우진은 그녀가 후회하는 게 당연할 거라고 생각했다. 잘나가던 모델 생활을 포기하고, 젊음을 온전히 아이를 위해 헌신했음에도 불구하고 아이는 매일같이 속을 썩이고 있으니 말이다. 그러나 최민경은 고개를 저으며 단호하게 대답했다.

"아뇨! 후회하지 않아요. 민혁이가 제 아빠를 닮아서 속을 썩일 거라는 건 처음부터 알고 있었어요. 그래도 지울 수는 없었어요. 제가 가방끈은 짧아도, 제 배 속에 나만큼이나 소중한 생명이 있다는 건 분명히 알았거든요. 그리고 그 사람이 떠났어도, 지금 저에겐 민혁이가 남았어요. 아니, 이제 저에겐 민혁이밖에 없어요. 남들 눈에는 왕싸가지일지 몰라도…, 저에겐 세상에서 가장 소중한 아들이에요."

"아, 죄송해요. 저는 그런 뜻이 아니었는데."

"아니, 괜찮아요. 선생님뿐만 아니라 다들 저보고 후회할 거라고 했어요. 그래서 더 후회하고 싶지 않아요. 보란 듯이 잘 키우지는 못해도, 민혁이와 행복하게 살 거예요. 그깟 1억, 민혁이를 지킬 수만 있다면…."

"아…, 네…."

우진은 최민경이 정말 대단하다고 생각했다. 그녀의 아름다움은 단순히 외모에서 오는 것만이 아니었다. 상상조차 하기 어려운 고난을 견디면서도 흔들림 없이 앞으로 나아가는 그녀의 모습에서 비롯된 것이었다. 자기였다면 과연 그녀처럼 용감하게 선택할 수 있었을까? 그녀의 말에 담긴 사랑과 결단은, 그 어떤 화려한 말보다 강렬하게 우진의 마음을 때렸다.

그날 밤, 당직실에서 우진은 유라에게 최민경과 나눈 이야기를 전했다.

"예쁘시던데…. 그런 사연이 있는 줄 몰랐어. 참 안 됐더라구."

말을 마치는 우진의 목소리에는 진심 어린 안타까움이 묻어있었다. 그때 갑자기 유라의 목소리가 당직실을 쩌렁쩌렁 울렸다.

"야. 정우진! 정신 차려!"

"엉?"

우진은 흠칫했다.

"너, 보호자한테 헬렐레하는 거…, 중환자실 간호사들까지 수군대는 건 알고 있어? 애 딸린 유부녀랑 결혼이라도 할 거야?"

유라의 말은 칼처럼 날카로웠다. 우진은 순간 정신이 번쩍 들었다.

"아…, 내가 뭘…. 그냥 좀 안타까워서 그랬지."

유라는 눈썹을 찌푸리며 그를 노려보았다.

"나랑 결혼 약속한 거 취소하고 싶으면 말해. 난 상관없으니까."

그 말에 우진은 가슴이 철렁 내려앉았다. 그는 급히 그녀의 손을 잡으며 말했다.

"에이, 무슨 말이야…. 내가 미안해, 잘못했어."

"다시는 나 쪽팔리게 하지 마. 내가 제일 싫어하는 게 그런 거니까."

"알았어. 내가…."

그때 3년차 전공의 한상식이 당직실에 들어왔고, 둘은 급히 대화를 멈추었다. 한상식은 둘 사이의 분위기가 심상치 않다는 걸 느끼고는 서둘러 입을 열었다.

"잠깐 자료 가지러 온 거니까…, 두 사람은… 신경 쓰지 마시고… 대화 계속하세요."

그 순간, 유라가 자리에서 벌떡 일어서며 말했다.

"아니에요. 저, 지금 나가봐야 해요. 수고하세요."

유라는 그렇게 짧게 인사말을 내던지고는 부리나케 방을 나갔다.

여자 친구 ——⌁⋀⋀⎯⎯⎯⎯⎯⎯

유라가 나가자, 방 안이 갑자기 쥐 죽은 듯 조용해졌다. 한상식이 우울한 표정의 우진을 보며 입을 열었다.

"나도 해봐서 아는데… 결혼을 앞둔 연인들은 사랑싸움이 잦아지기 마련이야. 큰 결정을 앞두고 있으니 서로 예민해지는 게 당연하지. 여자들은 더 심하고 말이야."

전문의 3년차라지만 한상식은 대학에 늦게 들어가는 바람에 동료들보다 상대적으로 나이가 많았고 이미 결혼해서 아이도 있었다. 1년 차인 우진이나 2년차인 유라보다는 열 살이나 많고, 심지어 4년차인 박찬영 선생보다도 나이가 훨씬 많았다. 말하자면 병원 안에서는 한상식이 후배지만 인생에서는 한참이나 선배여서 두 사람은 평소 서로 존댓말을 썼다. 그런 나이 많은 선배가 지금 우진에게 자기 경험담을 들려주고 있는 것이다. 우진은 얕은 한숨을 내쉬며 작게 웃었다.

"어휴, 제가 유라랑 무슨 사랑싸움을 해요. 이건 그냥…, 일방적인 구타라고 봐야죠, 크크크."

"둘이 학부생 때부터 만났다며? 이젠 서로 익숙해질 법도 한데…."

우진은 살짝 고개를 저으며 대답했다.

"그게 말이죠, 선배님, 그렇지가 않더라구요. 제 생각엔, 서유라 선생이 학생 때와는 달리 좀 변한 것 같기도 하고…."

"변해? 어떻게?"

"좀… 어두워졌다고나 할지… 좀 차가워졌다고나 할지…, 뭐 그런 게 좀 있어요. 재작년에 엄마 돌아가신 뒤로… 더… 그런 것 같기도 하고요."

우진의 말에 한상식이 고개를 끄덕였다.

"아무래도 서 선생이 갑자기 그런 일을 겪다 보니 충격이 좀 있었을 거야. 어머님이 학원을 크게 운영하셨다고 했던가?"

"네. 한성학원이라고…, 본원 말고 분원 캠퍼스가 세 개나 있었어요. 엄청나죠. 저도 서유라 선생도, 모두 그 학원 출신이에요."

한상식은 잠시 생각에 잠기는 표정이더니 아까보다 더 진지해진 목소리로 이렇게 입을 열었다.

"네가, 아니 정 선생이… 옆에서 서 선생을 잘 보필해야 할 거야. 서 선생, 앞으로 이 병원에서 큰일을 할 사람이잖아."

유라가 김승태 교수의 전폭적인 신임은 물론 병원장의 기대까지 한 몸에 받고 있다는 걸 모르는 사람은 아무도 없었다. 이제 겨우 전문의 2년차라지만 누구나 그녀를 '될성부른 떡잎'으로 인정하고 있었던 것이고, 한상식은 그런 유라를 우진이 뒤에서 잘 받쳐줘야 한다는 얘기를 하는 것이었다.

이런 얘기를 들을 때마다 우진은 사실 묘한 기분이 들었다. 유라가 부유한 데다 인품도 훌륭한 부모 밑에서 자란 촉망받는 의사라는 건 우진도 잘 알았다. 게다가 외모면 외모 지성이면 지성, 모든 면에서 유라는 남들의 부러움을 사기에 부족함이 없는 여자였다. 그런 유라를 차지한 행운아가 바로 우진이라고 주변에서는 다들 부러워하지만, 정작 우진 자신은 때때로 주눅이 들고 때때로 자존심에 상처를 입지 않을 수 없었다. 오늘만 하더라도 마찬가지였다. 유라의 행동은 우진이 보기에 다분히 과한 것이었는데, 정작 자기는 따져볼 겨를도 없이 일단 사과부터 했던 것이다. 공평하고 대등한 관계가 아니라 자기가 일방적으로 양보하고 수용해야 하는 관계, 한상식이 대놓고 말하듯 일방적으로 보필해야 하는 관계를 평생 유지한다는 게 과연 가능한 일인지, 우진은 때때로 의심이 들었다. 지금은 사랑이라는 두 글자가 이런 감정들을 덮어서 억누르고 있지만, 사랑이 영원하지 않다는 건 이제 10대들도 다 아는 얘기다. 우진이 잡념에 빠져 입을 열지 않자 다시 한상식이 입을 열었다.

"정 선생, 아니 우진아! 서 선생도 곧 예전의 그 밝고 친절하던 사람으로 돌아올 거야. 결혼한 여자들은 사실 자기 남편밖에 모르거든. 그게 남자들하고 여자가 다른 점이야."

한상식이 자기를 위로하기 위해 꺼낸 말이라는 걸 우진도 잘 알았기에, 얼굴에 엷은 미소를 띠며 이렇게 응수했다.

"그것도 형수님과의 경험담입니까?"

"경험담이기도 하고 원론적인 얘기이기도 해. 아무튼, 내 생각에, 지금 너희들 두 사람만큼 잘 어울리는 커플도 없어. 네가 하나를 주면서 선생, 반드시 둘 이상으로 갚을 여자야. 호박이 넝쿨째 굴러들어온 거지, 정우진한테."

이제는 웃지 않을 수가 없었다.

"하하, 듣고 보니 선배님 말씀이 맞는 거 같네요. 좋은 얘기 해주셔서 감사합니다, 정말."

살아남은 자의 고통 ——〜〜〢〜〜———

잠시 후 한상식이 서류를 챙겨 들고 나가자 당직실에는 다시 적막함과 고요함이 찾아왔다. 우진은 의자에 몸을 기댄 채 눈을 감았다. 유라 어머니의 장례식 때 기억이 떠올랐다. 우진은 사흘 내내 장례식

장과 화장장과 납골당을 오가며 유라 곁을 맴돌았는데, 그건 두 사람이 결혼을 약속하기 전의 일이었다. 말하자면 우진이 장래 사위로서의 의무감으로 장례식장을 지키고 관을 운반하는 데 손을 보태고 한 것이 아니었다.

유라 어머니가 눈을 감던 날, 유라는 평소 늘 오가던 계단에서 넘어지며 무릎을 다쳤었다. 핏자국이 바지 안쪽은 물론 정강이와 발목에까지 나 있었다.

"많이 아팠겠네."

소독약을 바르고 밴드를 붙여주며 우진이 묻자 유라는 유리창 너머에 흐릿한 눈길을 던지며 이렇게 대답했다.

"피가 난 줄도 몰랐어."

얼마나 정신이 다른 데 팔려있었으면 자기 살이 찢어져 피가 흐르는 것조차 인식할 수 없는 걸까. 그런 생각이 들자 밴드를 붙이는 우진의 손이 덜덜 떨렸었다.

"우진아! 우리 엄마…, 좋은 데 가셨겠지? 암 덩어리에 조금씩 조금씩 생명을 갉아 먹히던 우리 엄마, 이젠 안 아픈 나라로 가셨겠지? 내가 더 붙잡지 않은 거, 나중에 용서받을 수 있을까?"

유라는 알아듣기 어려운 넋두리를 해댔는데, 우진은 달리 무어라 위로할 말을 찾을 수가 없었다.

"그래, 여기보다 더 나은 데로 가셨을 거야."

그런 하나 마나 한 소리 외에, 우진은 의식이 멍해져서 어떤 단어도 더 찾아낼 수가 없었다. 그저 의자에 앉은 유라의 어깨를 가만히 끌어

안아 주는 것 외에 우진이 할 수 있는 일은 많지 않았다.

어머니의 사망 이튿날에는 조문객들이 그야말로 물밀 듯이 밀려왔었다. 유라와 그녀의 아버지가 영정 앞에서 일일이 조문객을 응대했는데, 저녁 일곱 시를 넘기면서 아버지가 쓰러지고 말았다. 문상객과 서로 맞절을 하다가 어느 순간 일어서지 못하고 그만 바닥에 쓰러져 버린 것이다. 다행히 응급조치를 취하자 정신이 돌아오긴 했는데, 더 이상 문상객들 앞에서 상주 역할을 할 수는 없었다. 그날 자정이 넘어가도록 유라 혼자서 길게 줄을 선 문상객들을 일일이 맞이해야 했고, 그 일은 새벽 두 시가 넘어서야 끝이 났다.

"이제 눈 좀 붙여야지."

우진이 소매를 끌며 말했을 때, 유라는 한숨을 푹 몰아쉬더니 이렇게 대답했다.

"눈을 감을 수가 없어…. 고통에 일그러진 얼굴로 울부짖던 엄마 모습이 자꾸만 떠올라. 우진아, 난 그런 엄마가 아니라, 잘 웃고 잘 떠들고 조금은 화려하던 그런 울 엄마의 모습만 기억하고 싶어. 근데 지금은 병마에 패해서 고통스럽게 울던 모습만 자꾸 떠올라. 그래서 도무지 눈을 감을 수가 없어."

그날 밤에도 두 사람은 한숨도 자지 못한 채 영정 앞에 나란히 앉아서 밤을 새웠다. 대학입시를 볼 때도, 의사고시를 준비할 때도, 이틀 연속 한숨도 자지 않고 버틴 적이 없던 우진이지만, 유라가 눈을 뜨고 있는데 혼자만 눈을 감는 건 어쩐지 용서할 수 없는 파렴치한 행동처럼 느껴졌었다.

사흘에 걸친 장례식이 모두 끝나고 일가친척이 납골당에서 나오던 순간에, 유라는 계단에 주저앉더니 한참을 꺼이꺼이 울었다. 그러고 보니 장례식 내내 유라는 한 번도 소리 내어 운 적이 없었다. 너무 놀란 나머지 정신이 나가서 그랬는지, 아니면 다른 사람들 앞에서 넋 놓고 우는 모습을 보이기 싫어서 그랬는지는 알 수 없었다. 하지만 사흘 내내 쌓이고 쌓인 설움이 한번 터지자 누구도 막을 수가 없었다. 그녀의 아버지가 끌어안다시피 하여 겨우 차에 태웠고, 우진은 그런 그녀를 멀찍이서 지켜볼 수밖에 없었다.

전화가 걸려온 건 다음 날 새벽이었다. 비몽사몽 휴대폰 화면을 들여다보니 유라의 이름이 찍혀 있었다.

"고마워, 우진아! 평생 잊지 않을게."

처음엔 그저 그런 감사의 인사려니 했다. 그래서 우진도 반은 농담처럼 이렇게 대꾸했었다.

"그래, 이제부턴 엄마 대신 나한테 기대."

아주 잠깐, 유라가 웃은 것도 같았다. 하지만 그 날 이후, 우진은 유라가 자기 앞에서 활짝 웃는 모습을 좀처럼 볼 수 없었다. 이후 둘이 결혼을 약속하고 더러 잠자리를 같이하기도 했지만, 유라가 정말로 즐겁고 행복한 순간이 있는지, 우진으로서는 조금 의심스러울 때가 많았다.

"네가 있어서 다행이야."

유라는 때때로 남의 말 하듯 중얼거렸고, 그럴 때마다 우진은 유라를 정말로 웃게 만들 방법이 무엇일지 머릿속을 뒤적이곤 했다. 유라 어머니가 돌아가신 그 날 이후, 유라와 우진은 분명 더 이상 뗄 수 없는 사이가 되었지만, 그것은 어쩌면 더없이 유쾌하고 즐겁기만 하던 두 사람의 관계가 끝났다는 신호인지도 몰랐다.

철부지 아들 ——⌒╲╱╲———————

다음 날 아침, 회진에 앞서 잠깐의 짬이 나자 우진과 유라는 병원 1층 로비의 커피전문점으로 내려갔다. 커피잔을 받아들자마자 유라가 여전히 차가운 어투로 물었다.

"어제 내 말, 생각 좀 해봤어?"

우진은 깜짝 놀랐다. 결혼을 취소하고 싶으면 그렇게 하라던, 당연히 농담인 줄만 알았던 얘기를 유라가 다시 꺼낸 것이다. 우진은 다급하게 유라의 손부터 잡았다.

"왜 그래? 난 진짜 그럴 맘 없어. 난 너밖에 없다구."

유라는 어이가 없다는 듯 살짝 웃었는데, 우진은 그걸로 상황이 끝이란 걸 잘 알았다. 유라는 어지간해서 같은 말을 두 번 하지는 않는 여자인 것이다. 병실 쪽을 향해 걸음을 떼며 유라가 다시 입을 열었다.

"민혁이는 일반병실로 올라갔지?"

"응. 지금 집중치료실에 있을 거야."

그렇게 둘은 신경외과 집중치료실로 향했고, 거기서 예상치 못한 광경을 마주했다. 이민혁의 침대 아래, 맨바닥에 또래 아이들 예닐곱 명이 옹기종기 모여 앉아 있는 것이었다.

"너희들, 민혁이 친구들이니?"

유라가 다가가 물었다.

"네."

아이들이 일제히 대답했는데, 병사들의 복창 소리처럼 짧게 딱 부러지는 소리였다.

"아니 근데 왜, 바닥에 앉아 있어?"

이번엔 우진이 물었는데, 아이들은 대답 대신 일제히 침대 위의 민혁에게로 시선을 돌렸다. 민혁이 그렇게 시켰다는 뜻일 터였다. 그러고 보니 우진의 눈에 이민혁은 침대 위에서 거만하게 친구들을 내려다보며 권력을 자랑하는 것처럼 보이기도 했다. 그가 단순한 오토바이 폭주족이 아니라 또래들 사이에서 리더, 속칭 일진이란 걸 단박에 알 수 있었다. 우진은 기가 막혔지만 내색은 하지 않았다. 그렇게 우진이 머뭇거리는 사이 유라가 다시 입을 열었다.

"민혁이는 아직 회복 중이니까…, 너희들이 여기 오래 있으면 안 돼. 10분 후면 다른 의사 선생님들도 오실 테니까, 그 전에 끝내고 나가라. 알겠니?"

어떤 질문이나 반박도 불가능한 지시, 그게 바로 유라의 특기여서 이번에도 아이들은 '네!'라고만 짧게 대답했다.

　그때 이민혁이 진지한 표정으로 유라를 향해 물었다.
　"승욱이네 부모님이 우리 엄마한테 돈 달라고 했다는 거, 그거 사실이에요?"
　유라는 대뜸 차갑게 대답했다.
　"그건 네가 알아서 뭐 하려고?"
　그러자 이민혁이 눈을 동그랗게 뜨고 대답했다.
　"나 때문에 벌어진 일이니까, 내가 책임져야죠."
　유라와 우진 둘 다 어이가 없었고, 한참 아이의 얼굴을 들여다보던 유라가 다시 입을 열었다.
　"네가 어떻게 책임을 진다는 거니?"
　그러자 이민혁이 다시 씹어뱉듯이 입 주변 근육에 힘을 주며 말했다.
　"그건, 제가, 알아서, 해요."
　이민혁의 비장한 표정에 유라는 결국 말문을 잃었다. 하는 수 없이 그를 무시하고는 다른 환자를 보기 위해 발길을 돌렸다. 우진이 그런 그녀를 따라가며 투덜댔다.
　"아휴, 저 싸가지! 나한테는 언제 존댓말을 하려나."

　두 사람이 김승태 교수와 신경외과 병동 회진을 다 돌고 나가려던 순간, 간호사 하나가 하얗게 질린 얼굴로 유라에게 달려왔다.
　"선생님, 민혁이가 없어졌어요!"

"무슨 소리예요? 민혁이, 방금까지 있었는데…."

"라인 다 뽑고 나갔어요. 조금 전에 친구들이 우르르 나갈 때 거기 숨어서 몰래 나간 거 같아요."

유라는 다급하게 우진을 돌아봤다. 도움이 필요하다는 뜻이었다. 우진은 묻지도 않고 곧바로 엘리베이터를 향해 뛰었다. 그렇게 1층 로비를 지나 병원 앞마당까지 달려가 보았지만 이민혁은 이미 그림자도 보이지 않았다.

'어휴, 한발 늦었군.'

그렇게 생각하며 최민경에게 전화를 걸기 위해 휴대전화를 손에 든 순간, 병원 로비 한쪽의 화장실에서 중학생 또래의 남자아이 하나가 나타났다. 방금 전 이민혁의 병실 바닥에 얌전히 앉아 있던 아이 중의 하나가 분명했다. 우진은 아이 앞으로 달려가 다짜고짜 물었다.

"민혁이, 지금 어디 갔니?"

우진은 조바심이 났지만 아이는 쉽게 입을 열 생각이 없는지 한동안 침묵을 이어갔다.

"빨리 말해, 경찰 부르기 전에."

역시 아직은 어린애여서 그랬는지, 아이는 그제야 입을 열었다.

"금방 올 거예요."

"어딜 갔는데 금방 온다는 거니?"

우진이 거듭 재촉하자 아이는 마지못한 듯 다시 입을 열었다.

"아마 사무실 갔을 거예요."

"사무실?"

우진은 무슨 말인지 이해할 수 없어 그렇게 되물었다. 그러자 아이가 다시 대답했다.

"민혁이가, 어떻게든… 자기가, 결판을 내겠다고 했어요."

"그게… 무슨… 말이니? 결판을… 내다니?"

그렇게 물은 것은 우진이 아니라 어느샌가 쫓아 내려온 유라였다. 헐떡이는 숨이 가시지 않은 탓인지 그녀는 마디마디 끊어지는 말투였다.

"저도 잘은 모르고…."

아이는 그렇게 곤경에서 벗어나려 하고 있었다. 하지만 가만히 있을 유라가 아니었다.

"너, 사실대로 말해! 그날 무슨 일이 있었어?"

유라의 말투가 너무나 단호하고 칼 같아서 우진은 조금 놀랐다. 지나치게 흥분하는 모습이 평소의 유라 같지 않았다.

"유라야, 왜 그래?"

우진이 말리려 했지만 유라는 멈추지 않고 오히려 우진을 향해 소리치듯 말했다.

"엊그제 중환자실에서 협박하던 그 사람들, 최승욱의 진짜 삼촌이나 사촌 형 아니야. 승욱이 부모면 자기들도 가족인데, 그 사람들은 승욱이 부모를 '보호자들'이라고 했다구. 그 사람들, 의료소송 전문 브로커란 말이야."

그제야 우진도 짚이는 바가 있었다. 그 사이 유라는 아이에게로 시선을 돌리고는 더욱 단호해진 목소리로 대답을 재촉했다.

"그날…, 그러니까 오토바이 사고가 나던 날…, 도대체 무슨 일이 있었는지 사실대로 말해. 안 그러면 너희들 전부 경찰에 넘길 거야."

우진도 한마디 거들었다.

"이 누나 아버지가 경찰 고위 간부야."

그러자 아이가 눈을 동그랗게 뜨고 되물었다.

"진짜요?"

이번에도 우진이 먼저 입을 열었다.

"응, 진짜야. 이 누나, 정말 무서워."

그러자 아이는 몸을 비비 꼬며 괴로운 표정을 짓더니 겨우 다시 입을 열었다.

"아이 씨. 이거 진짜 말하면 안 되는데…. 그 사람들 조폭이에요."

위험한 도박 ———∿———

"조폭?"

우진과 유라는 누가 먼저랄 것도 없이 서로의 얼굴로 시선을 옮겼다. 그러는 사이 아이가 입을 열었고, 그 내용은 무척이나 충격적이었다.

아이의 말에 따르면, 지역의 조폭들이 이민혁과 최승욱 그리고 다른 아이들을 내기 오토바이 경주에 강제로 끌어들였다고 한다. 큰돈이 걸린 내기에서 경주는 대충 하거나 짜고 할 수 없었고, 결과에 따라 처벌이나 상이 따른다고 했다. 게다가 사고가 있던 날은 평소보다 더 큰 판돈이 걸렸다고 했다. 그 바람에 평소보다 긴장한 이민혁과 최승욱이 무리한 질주를 감행하다가 사고를 냈다는 것이 아이의 결론이었다.

"진짜 비밀로 해주셔야 해요. 제가 말한 거 알면⋯ 저 진짜 죽어요. 그 형들 진짜 사람 죽인단 말이에요."

"그럼 민혁이가 지금 그 조폭들 사무실에 갔단 말이니? 환자복을 입고?"

"네. 하지만 민혁이가 당하지만은 않을 거예요."

아이는 무슨 믿음이 있는지 그런 말을 했다.

"그래, 일단 알았다. 넌 그만 가봐."

우진은 그렇게 아이를 돌려보냈다. 하지만 이제부터 무얼 어떻게 할지는 도무지 감이 잡히지 않았다. 경찰에 연락해야 하는 건지, 이민혁의 엄마인 최민경에게 연락을 해야 하는 건지, 도통 판단을 내릴 수가 없었다.

"일단 민혁이가 돌아올 때까지 기다려보자."

그렇게 입을 연 건 유라였고, 우진도 가만히 고개를 끄덕였다.

병원의 점심시간이 끝나갈 무렵, 환자복 차림의 이민혁이 마치 아무 일도 없다는 듯 집중치료실로 돌아왔다. 그를 기다리던 유라와 우진이 이민혁으로부터 들은 얘기는 아침에 그의 친구로부터 들었던 내용보다 더 충격적인 것이었다.

"그 형들이 이번 사고 때문에 큰 손해를 봤대요."

이민혁은 그렇게 입을 열었다.

"그 손해를 제가 갚아야 한다는 게 그 새끼들 요구예요."

"그래서?"

유라는 이민혁의 말을 자를 생각이 없어 그렇게 짧게만 물었다.

"퇴원하자마자 다시 경기를 시작하기로 했어요. 매일이라도 해서…
어떻게든 갚겠다고 지장을 찍어줬어요."

"지장을 찍어줘?"

유라도 우진도 말문이 막혔다. 중학생 아이가 하고 다닐 행동이라
고는 도무지 믿기지 않았다. 한동안의 침묵이 이어진 뒤에야 유라가
겨우 다시 입을 열었다.

"이민혁! 내가 도와줄게. 이 누나 아빠가 경찰이야. 그것도 꽤 높은
경찰."

그렇게 말하는 유라를 이민혁은 감정 없는 눈길로 멀뚱히 바라만
보고 있었다. 그래서 뭘 어쩌라는 것이냐는 태도였다. 유라가 다시 입
을 열었다.

"그 형들, 아니 그 조폭놈들을 체포하려면 네가 증언을 하고 친구들
도 증언을 해줘야 해. 물론 결정적인 증거가 있다면 더 좋고."

아이는 힘없이 고개를 떨구었는데, 우진에게 민혁의 그런 몸짓은
'진작부터 그럴 줄 알았고, 애초에 아무런 기대도 하지 않았다.'는 무
언의 시위처럼 보였다.

"그건 저 스스로 무덤을 파는 꼴이에요."

실제로 이민혁은 유라의 말을 따를 생각이 전혀 없다는 점을 분명히 했다. 아마도 조폭 형들과의 약속을 사내들끼리의 절대적인 의리라고 생각해서가 아니라, 잘못하다 꼬리라도 잡히면 더 큰 일을 당하게 되리라는 두려움이 그를 압박하고 있을 터였다. 게다가 이민혁이 유라를 비롯한 어른들을 신뢰하지 못하는 건 사실 너무나 당연한 것인지도 몰랐다. 이런 아이들에게 어른이란 그저 자기를 이용하거나 외면하는 존재일 뿐이라는 불신이 마음 깊이 도사리고 있는 경우가 많았다. 우진은 우선 이민혁을 이해하지 않고는 그를 도울 방법도 찾을 수 없으리라는 생각이 들었다.

두 사람은 병실에서 나와 의국의 사무실로 자리를 옮겼다.

"민혁이는 아무래도 권력 지향적인 마초적 성격이 있는 거 같아."

그렇게 입을 연 건 유라였다. 그녀가 보기에 이민혁은 너무 조숙하고 너무 어른티를 내려 하고 있었다. 감당할 수 없는 것을 감당하려 하고, 막을 수 없는 것을 막으려고 나서는 어린 돈키호테가 바로 이민혁이었다. 우진 역시 비슷한 생각을 하고 있었다.

"어쩌면, 저 아이가 어릴 때부터 본 세상이 그렇게 만들었는지도 모르겠어. 강자가 약자를 지배하는 세상, 건달들의 문신이나 주먹이 법이나 도덕보다 더 확실하고 깔끔하게 먹혀드는 세상을 보았는지도 모르지."

"내가 여자라 그런지…, 공감은 가지 않지만, 이해는 돼."

"어쩌면 그런 세상에서 자기 엄마는 한없이 무력하게 보였을지도 몰라. 아빠 없는 아이를 키우는, 아직은 젊고 어린 여자. 그게 이민혁에게는 자기 엄마였을 수도 있어."

"그럼 그런 엄마를 위해서라도 남들보다 더 열심히, 더 착하게 살아야 하는 거 아닌가."

"그건 교과서에 나오는 얘기고…. 현실에서는 여러 변주가 있는 법이니까."

"그래서 이민혁의 변주는 뭔데?"

"남자인 자기가 강해지는 거지. 엄마는 여자라서 애초에 강해지는 게 불가능하니까."

"그래서 조폭들과 어울린다?"

"그래. 태어날 때부터 남들보다 가진 게 적은 사람이 선택할 수 있는 가장 매력적인 선택지 중 하나가 바로, 남의 것을 힘으로 빼앗는 거니까."

"으음…."

유라는 이해하기 어렵다는 듯 긴 한숨을 내쉬었다. 하지만 우진은 멈추지 않았다.

"민혁이 엄마는 믿지 않겠지만…, 이 세상에 그녀를 제일 걱정하는 건 아마 민혁이일 거야. 그래서 자기가 직접 문제를 해결하겠다고 조폭들을 만나고 온 거겠지."

"좋아, 우진이 네 말이 다 옳다고 쳐. 그래서 민혁이한테 남는 게 뭐지? 교도소? 조폭 낙인?"

우진은 유라가 더없이 똑똑하고 논리적이란 걸 잘 알고 있었다. 하지만 때때로 타인의 고통에 둔감한 것은 아닐까 하는 생각이 드는 것도 어쩔 수 없었다. 지금도 그랬다. 이민혁의 처지를 이해는 한다지만 그의 선택에 대해서는 일말의 동조도 없는 것이다.

"우선은…, 그걸 걱정할 게 아니라…, 언제 죽을지 모르는 이 죽음의 경주에서 민혁이를 어떻게 탈출시킬 것인지, 그 방법부터 찾아봐야 할 거 같아."

우진의 말에 유라는 한동안 반응이 없었다. 속으로 무언가를 곰곰 생각하는 눈치였다. 그러더니 별안간 얼굴에 화색을 띠며 우진에게 눈웃음을 날렸다.

"네가, 나보다…, 이해심이 많아서…, 참, 다행이야."

"…."

뜬금없는 얘기라 우진은 대답할 말을 찾기가 어려웠다. 애정이 가득 담긴 눈으로 우진의 얼굴을 바라보던 유라가 다시 입을 열었다.

"대신에 나는 언제나, 비교적 언제나, 해결책을 찾아내지."

유라의 표정에는 어느새 장난기가 가득해서 우진은 헛웃음이 나올 지경이었다. 1분 전까지의 그 진지함은 대체 어디로 사라진 것일까. 궁금증을 참지 못한 우진이 물었다.

"그래서 무슨 해결책이 있는데?"

유라가 거듭 회심의 미소를 지으며 대답했다.

"최승욱! 이민혁과 경주를 벌였던 그 아이의 BVS 결과를 보면 돼."

실제로 최승욱은 사망 직전에 BVS 시술을 했었다. 그 결과를 기초로 경찰이 최승욱의 사망 원인이 이민혁에게 있는 것은 아니라는 결론을 내리기도 했다.

"경찰에서 이미 자세히 보지 않았을까?"

우진은 지극히 현실적인 질문 하나를 꺼냈다. 그러자 유라가 대답했다.

"아마, 사고 일어나는 부분만 봤을 거야."

"아이들이 왜 경주를 벌이게 되었는지는 보지 않았을 것이다?"

"그래, 맞아."

"하지만 최승욱의 BVS 기록을 우리가 어떻게 보지? 전산실 서버에 열두 자리 비밀번호로 보호되어 있을 텐데."

우진이 그런 의문을 제기했을 때 유라는 다시 한번 회심의 미소를 지어 보였다.

"이건 아무도 모르는 비밀인데…, BVS 결과를 저장하는 서버는 다른 서버들과는 완전히 별개로 독립되어 있어. 인터넷 연결도 안 돼 있고."

"그건 해킹에 대비하려는 거로 보이네."

"아무튼, 지난번에 전산실에 들어갔다가 우연히 봤는데…, BVS 저장용 서버의 비밀번호를 적은 메모지가 모니터 밑에 붙어 있더라구."

"헐, 대박!"

"BVS 영상 저장할 때만 쓰니까, 말하자면 1년에 한두 번 쓸까 말까 한 서버라서 아무도 비밀번호 외울 생각을 안 하는 거 같아."

"그렇긴 하네. 누군지 모르지만, 담당자 입장에서도 그 서버는 퍽

처치 곤란한 물건일 거야."

"글쎄, 그렇다니까."

도둑고양이들 ———∿———

그날 밤, 유라와 우진은 몰래 전산실에 들어가 최승욱의 BVS 영상
을 확인했다. 사고 순간 이전으로 더 거슬러 올라가던 두 사람은 영상
속에 나타난 조폭들의 얼굴을 보고 기겁을 했다. 병원에 찾아와 최승
욱의 삼촌과 사촌 형이라던 사내 두 사람이 난데없이 거기 등장했기
때문이다.

"세상에나! 이 사람들 조폭이었네."

놀란 유라가 먼저 입을 열었다.

"그러게. 그럼 변호사라는 얘기도 순 거짓말이었단 얘긴가?"

"아니, 그건 거짓말은 아닐 거야. 명함에도 그렇게 적혀 있었고."

"하긴, 변호사가 가장 필요한 동네가 그 동네긴 하니까."

두 사람은 소리를 죽이고 잠깐 킥킥 웃었다. 그러는 사이 화면은 경
주가 시작되기 직전의 모습을 보여주기 시작하고 있었다. 두목인 듯
한 사내가 번쩍거리는 금목걸이를 차고 나타나 오토바이 옆에 서 있
는 최승욱과 이민혁에게 말했다.

"어이, 꼬맹이들! 네들 둘이 베스트냐?"

"…."

"오늘은 진짜 사생결단이야. 죽기 아니면 살기, 알아 새끼들아? 너희 두 새끼한테 걸린 오늘 판돈이 모두 합해서 5천이다, 5천! 알겠냐? 이기는 놈은 내가 한몫 떼주겠지만, 지는 놈은 돈 잃은 저 위의 형아들 손에 바로 뒤진다, 알겠어?"

이민혁의 잔뜩 긴장한 모습이 최승욱의 시선으로 보이고, 또래 친구들의 모습이 보이고, 그 너머로 건장한 사내들의 모습도 여럿 보였다. 그렇게 경주를 시작한 두 아이가 사고를 냈고, 결국 한 아이가 사망에까지 이른 것이었다.

다음 날 아침 일찍, 최승욱 사건을 담당하고 있던 경찰이 부리나케 병원으로 달려왔다. 그가 병원으로 향하기 전에 연락을 취했는지 이민혁의 엄마 최민경도 앞서거니 뒤서거니 병원에 도착했다. 이 자리에 우진도 참석했다.

"이렇게 모이시라고 한 건…, 에…, 중요한 안내 사항이 있어서입니다."

경찰은 뜸을 들였는데, 그의 표정이 긴장하고 있는 것은 아니었다.

"오늘 새벽, 이민혁 학생 등을 협박하여 강제로 경주를 벌이게 하고, 불법 도박판을 벌인 조폭 일당 열여덟 명을 우리 경찰이 모두 체포했습니다. 이들에게는 상해치사의 혐의 또한 적용될 예정입니다."

그러면서 경찰은 체포된 일당의 얼굴 사진 목록을 보여주었는데, 거기에는 당연히 최승욱의 삼촌과 사촌 형이라던 자들도 포함되어 있었다. 이를 본 최민경의 얼굴에 화색이 돌았다.

"그럼, 우리 민혁이는 어떻게 되나요? 이 사람들하고 공범으로 잡혀가는 건 아니죠?"

경찰이 아주 짧은 미소를 지은 뒤 대답했다.

"그럴 계획은 없습니다. 조사 결과, 강요와 협박에 못이긴 측면이 강하다고 판단했고, 아직 미성년자라는 점도 고려했습니다. 또 이 조직의 정식 조직원도 아니어서 딱히 구속하거나 할 필요성이 인정되지는 않았습니다."

"고맙습니다. 고맙습니다."

최민경은 목이 메어서 울먹였다.

"감사는 제가 아니라 여기 계신 의사 선생님들한테 하시지요. 이 병원의 의사 선생 둘이 지난밤에 도둑고양이 노릇을 하는 바람에, 이런 사실이 밝혀진 거니까요."

우진은 소리 없이 웃었고, 최민경은 무슨 말인지 이해할 수 없다는 듯 어리둥절한 표정이었다.

그날 저녁, 이민혁과 관련된 모든 상황을 전해 들은 한상식이 이민혁에게 긴 설교를 했다. 피곤하고 바쁜 당직이면서도 따로 긴 시간을 할애한 것이다. 그는 이제 겨우 중학생인 민혁이를 다 큰 청년 다루듯 자네라고 불렀다.

"자네도 이제 어린애가 아니야. 뭐가 옳고 그른지 다 알면서, 이렇게 정신 못 차리고 살면 되겠나? 자네가 집안의 가장 역할을 하면서 어머니를 잘 모셔야지, 어머니에게 걱정을 끼친다는 건 말이 안 되네.

자네 어머니가 얼마나 힘든 상황에서 자네를 낳고 또 정성껏 키우셨는지 잘 생각해 보게. 그런 처지라면 대부분의 엄마들은 아이를 보육원에 보내거나 임신 중절을 선택했을 거야. 하지만 자네 어머니는 참으로 대단하신 분이야. 자네를 이 나이까지 이렇게 잘 키우셨으니 말일세."

설교는 한 시간가량 이어졌다. 끝이 없을 듯한 설교가 이민혁의 귀에 다 들어가지는 않았겠지만, 그의 마음을 조금은 움직였던 것 같다. 그날 밤, 이민혁이 어머니에게 앞으로는 반성하며 바르게 살겠다고 다짐했다는 것이다.

"엄마, 미안해. 이제 정신 차리고… 공부도 열심히 하고 사고도 치지 않을게요."

최민경이 그런 아들의 말에 깜짝 놀라 되물었다.

"응? 무슨 말이니?"

"앞으로는 잘한다고요."

그 말을 듣는 순간, 최민경의 눈가가 붉게 물들었다. 오래된 상처들이 부드럽게 아물고, 그동안 마음속에 돌덩이처럼 자리 잡았던 무거운 짐이 스르르 풀리는 듯했다. 오랜만의 평온한 행복이 가슴 안을 따스하게 감돌았다.

그리고 1주일 뒤, 이민혁은 별다른 문제 없이 무사히 병원에서 퇴원했다.

뒷이야기 ———∿⋀⋁⋀————

그로부터 2주 후, 어느 따사로운 정오 무렵.

신경외과 병동에 최민경이 이민혁을 데리고 나타났다.

"선생님, 잘 지내셨어요?"

오랜만에 나타난 최민경의 얼굴에는 환한 미소가 깃들어 있었다.

"네, 잘 지내셨죠?"

우진도 반가운 마음을 감추지 못하고 인사를 건넸다. 그때 최민경의 옆에 서 있던 이민혁도 입을 열었다.

"고맙습니다, 선생님!"

그 말을 듣는 순간 우진은 자기 귀를 의심했다. 이민혁의 입에서 나올 대사가 전혀 아니었던 것이다.

"그래, 민혁아. 잘 있었어?"

"네!"

너무나 예의 바른 태도와 공손한 대답이 우진에게는 거북할 지경이었다. 그때 최민경이 다시 입을 열었다.

"선생님들 덕분에, 우리 민혁이 문제가 여러 가지로 다 잘 해결되었습니다. 그저께는 민혁이가 오디션에도 합격을 했어요."

"오디션이라구요?"

우진이 낯선 단어에 아연 놀란 표정으로 되물었다.

"네, 드라마 단역이긴 한데…."

"드라마요? 텔레비전 드라마?"

우진이 화들짝 놀라며 거듭 묻자 최민경은 기쁨을 감추지 못한 채 환한 미소를 지으며 대답했다.

"네. 제가 전에 있던 소속사 대표님이 민혁이를 잘 봐주셨어요. 예전에도 민혁이랑 같이 뭘 좀 해보자고 하셨는데…, 그땐 얘가 노느라 정신이 없어서…. 호호호."

"엄마도 참, 쪽팔리게 자꾸 옛날얘기를…."

이민혁이 살짝 눈을 흘겼지만, 최민경은 개의치 않는 표정이었다. 토라진 아이처럼, 이민혁은 턱짓으로 화장실을 가리켜 보이더니 총총히 그리로 사라졌다.

"서유라 선생님께도 감사하다는 말씀, 꼭 좀 전해주세요. 정말 감사합니다."

그렇게 말하는 최민경의 눈가에는 어느새 이슬 같은 것이 어른거렸다. 아마도 감격의, 기쁨의 눈물일 터였다.

"2주일 전만 해도 정말 힘들고 괴로웠어요. 그런데 이렇게 금방 좋은 날이 오네요. 다 선생님 덕분입니다."

우진은 과한 칭찬이 민망했다.

"다행이에요, 정말 축하드려요."

우진은 그렇게 화제를 돌리며 어색해지려는 대화를 멈추었다. 어느새 화장실에 갔던 아이가 돌아오고 있었다. 그런 아들을 바라보는 최민경의 얼굴에는 배우들이 흉내낼 수는 없을 것 같은, 한없이 평온한 미소가 떠돌고 있었다.

우진은 그녀의 얼굴에 번진 미소를 보며 생각에 잠겼다. 그녀가 이렇게 환하게 웃을 수 있는 이유는, 이민혁 때문이었다. 예전에는 그녀에게 후회하지 않느냐고 물었지만, 이제는 깨달았다. 어떤 생명이든 누군가에겐 무엇과도 바꿀 수 없는 소중한 존재라는 진실을. 그리고 이 순간, 그 진실은 두 사람의 행복한 얼굴을 통해 한층 더 선명하게 빛나고 있었다.

CASE 04

거짓과 진실의 경계

거짓과 진실의 경계

늦가을 저녁, 119의 구급차 한 대가 구불구불한 산길을 빠르게 달려 올라가고 있다. 좁고 울퉁불퉁한 비포장도로를 달리는 모습이 아슬아슬하고 긴장감이 돈다. 산속에서 사고가 났다는 신고를 받고 급히 출동하긴 했지만, 정확한 상황이 파악되지 않은 상태라 구조대원들은 불안과 긴장 속에서 현장으로 향했다.

현장에 도착한 구조대는 의식을 잃은 채 길가에 쓰러져 있는 남자를 발견했다. 그의 몸 곳곳에는 상처가 나 있고, 한쪽 다리는 골절된 듯 보였다. 구조대원들은 신속하게 응급처치를 한 뒤 남자를 구급차에 태웠다. 주변을 살피며 사고 원인을 찾던 한 구조대원의 눈에 붉게 물든 가을 산의 웅장한 모습이 들어왔다. 잠시 그 아름다움에 감탄하던 순간, 비탈 아래쪽에 뒤집힌 채로 가늘게 연기를 내뿜고 있는 자동차 한 대가 눈에 들어왔다.

"이 사람, 저 차에서 나온 것 같은데? 차 안에 다른 사람은 없겠지?"

"신고에는 한 명이라고 했는데…, 그래도 확인은 해봐야지."

"내가 내려가 볼게!"

구조대원 한 사람이 서둘러 아래쪽으로 내려갔다. 거기에는 뒤집힌 승용차 한 대가 낙엽과 흙더미에 깊이 파묻힌 채 나무 사이에 끼어있었다. 창문으로 들여다보니 놀랍게도 중학생 정도로 보이는 아이들 여럿이 타고 있었다. 구조대원은 깜짝 놀라 급히 물었다.

"애들아, 괜찮니? 안에 몇 명이나 있어?"

"네 명이요. 저랑 영철이는 발목이 끼어있고, 다른 애들은 의식이 없어요. 빨리 좀 구해주세요."

악몽이 된 산행 ────

차는 크게 찌그러진 상태여서 문이 열리지 않았고, 아이들은 두려움에 떨고 있었다. 차 안은 어두웠으며, 구조대원은 아이들이 찌그러진 차 안에 끼어있는 상황이라 섣불리 움직일 수도 없었다. 조수석에 있는 아이가 운전석의 깨진 창문 너머로 보였지만 의식이 없는 듯했다. 그들이 가진 장비만으로는 구출하기 어렵다고 판단한 구조대원이 본부에 추가 지원을 요청했다.

한편, 남자를 태운 구급차는 병원으로 먼저 출발했고, 다른 구조대원은 산에 남아 아이들을 지키기로 했다. 구조대원은 아이들을 안심시키며 물었다.

"이 차, 누가 운전했니?"

"저희 선생님이요. 선생님 전화 받고 오신 거 아니에요? 선생님이 119에 전화한다고 올라가셨는데…."

그러나 구조대가 접수한 신고에는 사고를 당한 사람이 '한 명'이라고 되어 있었다.

'설마 선생이란 작자가, 자기만 살겠다고 그렇게 신고를 한 건 아니겠지?'

구조대원은 의구심이 들었지만, 당장은 아이들을 구하는 일이 우선이었다.

시간이 흐른 뒤 헬기와 추가 장비가 도착했고, 밤이 되어서야 아이들을 가까스로 병원으로 옮길 수 있었다.

다음 날 아침, 시온대학병원 신경외과의 컨퍼런스 시간.

신경외과 의국에 들어선 김승태 교수는 밝은 목소리로 전공의들에게 인사를 건넸다.

"잠들 좀 잤어?"

"교수님도 수고 많으셨습니다."

교수와 전공의들이 인사를 나누는 사이, 다른 신경외과 교수가 궁금한 듯 물었다.

"어젯밤에 응급수술이 두 건이나 있었다고?"

"네, 오랜만에 날 좀 샜습니다."

김승태 교수는 밤새 일을 하고도 여전히 활기가 넘쳐 보였다. 그의 뒤에는 4년차 박찬영, 3년차 한상식, 2년차 서유라, 그리고 1년차 정우진이 모두 지친 얼굴로 서 있었다. 교수들은 여유롭게 차를 마시며 대화를 이어갔다.

"근데 아침부터 중환자실 앞이 왜 이렇게 소란스러운 거야?"

"어제 온 응급 환자들 때문이에요. 제일 먼저 수술한 환자가 중학교 선생님이라는데, 학생들을 데리고 등산을 갔다가 산길에서 사고가 났대요. 그런데 그 선생이라는 사람이 애들은 차에 남겨둔 채 본인만 119에 신고를 해서 구급차를 타고 병원에 먼저 왔대요. 학생들은 나중에야 구조대원이 발견해서 겨우 데려왔답니다."

"거 참, 선생이란 작자가 무슨 그런 짓을…."

"다른 아이들까지 신고하면 자기 구조가 늦어질까 봐 그랬을까요?"

"무슨 생각이었는지는 본인만 알겠지."

교수들은 큰 테이블에 앉아 서로 혀를 찼다.

"조수석에 있던 학생 하나는 이미 사망한 상태로 왔고, 또 다른 아이도 수술은 했지만 상태가 좋지 않아요. 아무래도 구조가 늦어졌으니까…."

"그 선생이란 사람은 아직 의식이 없고?"

그러자 박찬영이 재빠르게 앞으로 나와 보고했다.

"네. 아직 멘탈 스투퍼(mental stupor)입니다."

멘탈 스투퍼란 병원에서 의사들이 환자의 의식 수준을 구분해서 말할 때 쓰는 표현이다. 의사들은 의식 수준을 보통 5단계로 나누는데, 그중에 스투퍼는 혼미 단계이자 의식 수준 가운데 3번째 단계이다.

"허허, 그 사람은 깨도 문제겠네."

"네, 지금 중환자실 앞에 학생 부모들이 몰려와서 난리도 아니에요. 치료하지 말고 죽게 내버려 두라고 요구하고 있습니다."

"하이고, 심정은 이해가 가지만… 의사가 그럴 수는 없지. 아무튼, 잘 해보라고."

이렇게 아침 신경외과 컨퍼런스의 분위기는 비교적 무난했지만, 중환자실 앞은 마치 전쟁터 같았다. 중환자 면회가 전면 금지되고, 보안 요원들까지 출동해 중환자실 앞을 봉쇄하고 있었다. 의사들이 그 앞을 지날 때마다 기자와 학부모들이 질문 공세를 퍼부었다.

한참 밖에서 시달리던 박찬영이 중환자실 안으로 들어왔고, 환자를 살피고 있던 우진에게 다가오며 물었다.

"아이고, 죽겠다. 1년차! 너는 어떻게 들어왔냐?"

"저는 아예 밖에 안 나갔는데요."

"뭐? 너, 일반병실 회진은 안 돌아?"

"교수님이 저보고는 중환자실에 딱 붙어 있으라고 하셨어요. 병실 쪽은 서유라 선생이 돌고 있고요. 수술동의서도 받아야 해서요."

"그래? 그건 그렇고, 여기 학교 선생님은 아직 변화 없지? 외상성 경막하 출혈이었잖아."

"네."

"처음에 뇌압이 30(mmHg)이어서 10까지 감압했잖아, 맞지?"

"네, 맞습니다."

박찬영이 고심하는 표정으로 말했다.

"흠…. 보통 이 정도면 하루 이틀 사이에 깰 텐데…, 아직도 스투퍼 (stupor)네. 하긴 지금은 안 깨는 게 본인한테도 좋을 거야."

딱히 동의를 구하는 말투는 아니어서 우진은 입을 열지 않았다. 그러자 박찬영이 다시 물어왔다.

"뒤에 수술한 아이는?"

"드라우지(drowsy)로 좋아지고 있습니다."

드라우지는 기면 단계이자 의식 수준 중 2번째 단계다.

"그래? 그럼 네가 밖에 나가서 아이는 좋아지고 있다고 기자랑 보호자들한테 말 좀 하고 와라."

"네? 제가요?"

우진은 화들짝 놀랐다.

"그래. 김승태 교수님이 기자랑 보호자들이랑 정보를 빨리빨리 공유하라고 하셨어."

"근데 제가 저길… 어떻게 가요?"

우진은 기자들 앞에서 말을 해야 한다고 생각하니 갑자기 오금이 저려왔다.

"그냥 갈래, 한 대 맞고 갈래?"

박찬영이 종주먹을 들이밀었고, 우진은 하는 수 없이 울상을 지으며 중환자실 복도로 나갔다.

하얀 가운을 입은 그가 나타나자 복도에 있던 수십 개의 눈이 일제히 그에게로 쏠렸고, 우진은 느닷없이 현기증이 일었다.

"저⋯."

기자들이 마이크를 들이밀었고, 성난 학부모들도 조용히 우진의 입만 바라보고 있었다. 하지만 우진은 한 마디도 제대로 된 말을 내뱉을 수 없었다.

"에, 그⋯. 그니깐⋯. 지금⋯."

그때 마침 한상식이 수술을 끝내고 중환자실로 오고 있었다. 사색이 되어 똥 마려운 강아지 꼴을 하고 있는 우진을 보더니 그가 먼저 입을 열었다.

"이 선생, 뭐 하고 계시는가?"

우진은 그의 바짓가랑이라도 붙잡고 싶었다.

"선배님, 도와주세요. 김승태 교수님이 이분들한테 수술한 학생의 상태를 설명해 드리라고 해서⋯."

"그래? 지금 어떤 상태인데?"

"드라우지(drowsy)로 상태가 좋아지고 있습니다."

"오케이."

대강 이야기를 들은 한상식은 기자들과 보호자들 앞에서 유창하게 아이의 현재 상태와 앞으로의 예상 경과에 대해 설명하기 시작했다. 우진은 그제야 안도의 한숨을 내쉬며 복도의 다른 쪽으로 눈길을 돌렸는데, 거기 한 구석에 고개를 숙이고 조용히 앉아 있는 몇몇 사람들이 보였다. 학교에서 온 관계자들과 사고를 낸 교사의 가족들 같았다.

우진의 눈길이 그곳으로 향하자, 한 여성이 조심스럽게 우진에게
다가와 물었다. 첫눈에 봐도 사고를 낸 교사의 아내 같았다.

"저 이주찬 환자는… 어떤 상태인가요?"

역시나 문제의 그 학교 선생님에 대해 묻고 있었다.

"이주찬 환자라면, 그 선생님 말씀이시죠? 상태는 괜찮은데, 아직
의식 변화는 없어요."

"네…."

옆에서 두 사람의 대화를 듣고 있던, 다친 학생의 보호자 한 명이
다가와 소리쳤다.

"그 선생 새끼 깨어나면 나한테 먼저 알려줘요. 가서 확 죽여버릴
테니깐."

그 말에 교사의 아내는 말없이 고개를 숙이더니 다시 구석으로 돌
아갔다. 우진도 더는 무어라 할 말이 없어 중환자실 안으로 급히 들어
갔다.

살인자가 된 교사 ——/\\/——

그날 밤 텔레비전의 8시 뉴스는 이 사고를 메인 이슈로 다루었다.
경찰 조사에 따르면, 중학교 교사 이주찬과 네 명의 학생이 탄 승용차
는 시속 30~40킬로의 느린 속도로 산길을 내려오던 중이었다고 한
다. 그런데 갑자기 왼쪽에서 거대한 멧돼지가 튀어나왔고, 운전자는

본능적으로 핸들을 오른쪽으로 꺾고 브레이크를 밟았다. 그러나 흙길 위에서 차량이 미끄러졌고, 가드레일이 없는 좁은 도로에서 차는 균형을 잃고 비탈 아래로 굴러떨어지고 말았다.

차량은 약 50미터를 굴러 내려가 중턱에 뒤집힌 상태로 멈추었다. 하지만 이미 심하게 찌그러진 차체 때문에 학생들은 차량 내부에 갇혀 빠져나올 수가 없었다. 가까스로 밖으로 빠져나온 인솔 교사 이주찬은 휴대전화 신호가 잡히지 않자 학생들을 차 안에 남겨둔 채 구조를 요청하러 가겠다며 비탈을 올라갔다. 어둡고 좁은 차 안에 남겨진 학생들은 부러진 뼈의 고통과 점점 차가워지는 피에 떨며, 무엇보다도 시시각각 다가오는 죽음의 공포와 싸워야 했다. 아이들은 그렇게 서로를 부르며 선생님이 돌아오기만을 간절히 기다렸다.

하지만 시간이 흘러도 선생님은 돌아오지 않았다.

뉴스는 119 구조대에 걸려온 교사의 통화 내용을 공개했는데, 통화는 잡음이 많아 알아듣기 어려운 구간도 있었다.

"119 상황실입니다. 무엇을 도와드릴까요?"

"지금 차가… 산에서 굴러떨어져서… 많이 다쳤습니다. 구조대 좀… 빨리…."

"부상자가 몇 명이죠? 상황을 좀 더 자세히 말씀해 주세요."

119 상황실의 담당자가 다급하게 물었지만 교사의 대답은 끊기고, 갑자기 '쾅!' 하는 굉음 같은 소리가 들렸다. 이어 휴대전화를 떨어뜨리는 듯한 소리도 들렸다. 상황실에서는 포기하지 않고 질문을 이어갔다.

"지금 몇 분이나 계시죠?"

"…."

"여보세요?"

"네."

"지금 몇 분 계시죠?"

"하… 한 명입니다."

그러더니 갑자기 전화가 뚝, 하고 끊겼다.

그렇게 일방적으로 끊긴 통화에 구조대는 급히 위치를 확인하고는 단 한 대의 구급차만 출동시켰다. 그리고 그 여파로 사고 차량의 분해와 구조 작업이 늦어졌고, 학생 한 명이 목숨을 잃었으며 다른 한 명은 의식을 잃은 상태로 발견되었다. 나머지 두 학생의 경우 의식은 있었으나 골절상을 입어 긴급 수술이 필요했다.

뉴스는 이어서 당시 이 교사의 심리 상태에 대한 전문가의 분석 내용을 내보냈다. 심리학자는 이렇게 진단했다.

"죽음의 공포가 극에 달하면 사람은 본능적으로 자기 생존을 우선하게 되고, 결국 정상적인 판단력을 잃게 됩니다."

이어 과거의 세월호 참사를 예로 들면서 그때도 선장이 지침을 무시하고 아이들에게는 '가만히 있으라!'고 지시한 뒤 자기만 먼저 탈출했던 일을 상기시켰다.

이 비극적인 뉴스는 많은 시청자에게 깊은 충격과 슬픔을 안겼다. 어린 학생들이 어두운 산속에서 맞닥뜨린 처절한 공포는 인간이 겪을 수 있는 가장 무력한 순간을 여실히 보여주었다. 교사의 무책임한 행동으로 그들을 구할 수 있었던 작은 가능성마저 놓쳐버렸다는 사실이 사람들의 가슴에 더 큰 아픔을 남겼다. 뉴스는 또 사람들에게 인간의 나약함과 이기주의, 누구나 맞닥뜨릴 수 있는 예기치 못한 비극의 일상성을 다시금 되새기게 했다. 사고는 언제 어디서든 일어날 수 있는데, 마땅히 이에 대해 책임지고 대처할 사람들은 자기 자리를 벗어나고 지켜야 할 사람들을 외면하는 것이 다반사라는 것을 많은 이들이 확인한 사건이었던 것이다.

그날 밤.

중환자실에 누워 있던 서준이라는 이름의 아이가 눈을 떴다. 이미 사망한 아이와 더불어 의식을 잃고 실려 온 두 아이 중의 하나였다. 유라는 아이의 눈에 펜라이트를 비추며 조심스럽게 물었다.

"괜찮니? 어디 심하게 아픈 곳은 없니?"

아이는 천천히 팔다리를 움직여 보이며 괜찮다는 듯 고개를 끄덕였다.

"다른 친구들은요?"

아이는 걱정이 가득한 목소리로 물었다. 유라는 잠시 머뭇거리다가 대답했다.

"음⋯, 다들 괜찮을 거야. 다른 친구들은 정형외과 병실에 있어."

"기택이는요? 기택이… 괜찮아요?"

아이도 짐작되는 바가 있었던지, 하필 사망한 아이의 상황을 물었다. 유라는 잠시 숨을 고른 뒤 조심스럽게 입을 열었다.

"사실…, 기택이는 처음 병원에 왔을 때부터 상태가 많이 안 좋았어."

그 말을 들은 아이는 힘없이 고개를 떨구었다.

잠시 침묵하던 아이가 다시 고개를 들며 물었다.

"우리 선생님은요? 우리 선생님, 괜찮아요?"

"선생님은 아직 깨어나지 못하셨어."

유라는 지금까지 있었던 일을 천천히 설명했다. 이주찬 선생이 119에 신고를 하긴 했으나 다친 사람이 자기 혼자라고 말하는 바람에 아이들의 구조가 늦어졌다는 얘기도 포함되어 있었다. 그런데 이야기를 듣던 아이가 갑자기 단호한 목소리로 소리치듯 말했다.

"말도 안 돼요! 우리 선생님, 절대 그럴 리 없어요."

"…."

"다른 애들은 그 말을 믿던가요?"

한편, 의식을 잃었던 서준이가 깨어났다는 소식에도 학부모들의 분노는 쉽게 가라앉지 않았다. 특히 사망한 학생인 기택이의 부모는 충격과 분노로 말조차 제대로 잇지 못했다. 중환자실 앞에서는 몇몇 학부모들이 이주찬 선생이 기절한 척하는 것 아니냐며 소리를 질렀고,

학교 측 인사들과 가족들은 고개를 숙이며 연신 사과를 거듭했다.

사고가 발생한 지 이틀 후, 교사 이주찬이 마침내 의식을 되찾았다. 정신이 들자마자 그는 옆을 지키고 있던 유라에게 이렇게 물었다.

"학생들은…, 아이들은 괜찮나요?"

유라는 지금까지의 상황을 간략히 설명했다. 이야기를 듣던 이주찬 선생은 깊은 한숨을 내쉬더니 천천히 눈을 감았다. 시간이 조금 지난 뒤 그는 '기억이 나질 않는다.'는 말을 반복했다.

환자 곁을 떠난 유라는 냉랭한 목소리로 우진에게 말했다.

"기억나지 않는다는 말, 참 여러 상황에서 편리하게 쓰이네."

그런데 우진의 반응이 의외였다.

"왜 그래? 진짜 기억이 안 날 수도 있지."

우진이 교사의 편을 들자 유라는 못마땅하다는 듯 쏘아붙였다.

"너보고 하는 소리야. 맨날 환자 약 처방도 까먹잖아."

우진이 뒷머리를 긁적이며 대답했다.

"아… 그래, 미안. 근데 왜 갑자기 나한테 그래?"

그러자 유라는 더욱 날카로워진 목소리로 우진에게 쏘아붙였다.

"난, 저렇게 무책임한 사람들 정말 싫어. 잘못을 했으면 인정을 하고 책임을 질 줄 알아야지."

"잘못을 인정하는 게… 쉬운 건 아니지…."

"너 자꾸 저 무책임한 선생 편들 거야?"

우진이 억지웃음을 웃어 보이며 대답했다.

"엥? 그건 아니지. 난 항상 네 편인데….."

"그럼 확실히 해. 자꾸 저 선생 편들지 말고."

"그래. 내 생각에도 네 말이 맞는 거 같아."

"그래, 잘 생각했어."

유라는 우진과의 말다툼이 무의미하다는 걸 갑자기 깨닫기라도 한 듯 고개를 한 번 끄덕이고는 자리를 피해 복도 저편으로 사라졌다.

며칠 후, 교사 이주찬이 중환자실에서 일반병실로 옮겨야 하는 날이 되었다. 중환자실 밖에는 이 소식을 전해 들은 기자와 분노한 학부모들이 모여 있었다. 그런데 이주찬 선생이 갑자기, 중환자실을 나가기 직전에 전공의들에게 이런 말을 꺼냈다.

"저… 의사 선생님. 제가 BVS를 해볼 수는 없나요? 그걸 하면 제 과거를 볼 수 있다고 들었습니다만….."

그 말을 들은 유라는 이주찬이 현실이 두려워 이를 부정하고 도망치려는 것이라고 생각했다. 그래서 쏘아붙이듯 이렇게 말해주었다.

"선생님! 그만 하세요. 나가서 학부모들에게 사과부터 하시죠. 본인이 한 행동에는 책임을 지셔야죠."

한상식이 그런 유라를 제지하고 나섰고, BVS는 혼수상태에 빠져야만 가능한 시술이어서 이주찬 선생의 경우 애초에 불가능하다는 설명을 해주었다. 하지만 이주찬 선생은 계속해서 말을 이어갔다.

"예전에… 의식이 있는 사람도 인위적으로 혼수상태를 만들어

BVS를 시행했다는 뉴스를 본 적이 있습니다. 제발, 한 번만 부탁드립니다."

들고 있던 한상식이 다시 조심스럽게 입을 열었다.

"이 선생님! 저도 선생님 심정은 이해합니다. 하지만 저희가 BVS를 시도하는 것은 몹시 어렵습니다. 수술 과정에서 부작용이 발생할 수도 있고, 인위적으로 혼수상태를 유도한다는 것 자체가 매우 위험한 일입니다."

하지만 이주찬 선생은 여전히 뜻을 굽히지 않았는지 다시 이렇게 물었다.

"부작용이라면… 어떤?"

"의식이 영영 돌아오지 않을 수도 있고…, 뇌 손상이 발생할 수도 있는데…."

한상식이 이렇게까지 설명을 했는데도 이주찬은 눈물까지 흘리며 더욱 간절한 목소리로 애원했다.

"선생님! 저는… 제가 학생들을 버리고 저 혼자 살겠다고 구조 요청을 했다는 말을… 도저히 믿을 수가 없습니다. 하지만 실제로 그날의 기억이 전혀 나질 않아요. 너무 답답하고…, 이대로 사느니 차라리 죽는 게 낫다는 생각까지 듭니다."

결국 이주찬 선생의 절박한 호소가 의사들과 병원 윤리위원회의 마음을 움직여서, 이주찬 본인과 보호자의 동의를 얻은 후 연구를 위한 임상실험 형태로 BVS를 시행하기로 결정되었다. 마취과, 신경과, 신경외과 교수진이 참여한 가운데 이주찬은 뇌파 측정 장치와 다양한 의료 장비를 몸에 부착한 채 혼수상태로 유도되었고, BVS 시술이 시작되었다.

김승태 교수는 신중하게 머리뼈에 구멍을 뚫고, BVS를 시행하여 그의 기억을 영상으로 추출하기 시작했다.

드러나는 진실 ⎯⎯⎯⎯⎯⎯⎯⎯⎯

영상으로 드러난 사건의 진실을 시간 순서대로 정리하면 이랬다.

먼저 이주찬 선생이 정신을 차렸을 때는 이미 차가 산길 아래로 굴러떨어진 지 꽤 시간이 지난 후였다.

"아…, 머리야…. 얘들아, 괜찮니?"

그는 눈을 뜨자마자 학생들을 찾았다. 뒤쪽에서 먼저 깨어난 도윤이와 영철이가 울먹이며 겨우 대답했다.

"선생님, 지금 큰일 났어요. 기택이랑 서준이가 대답이 없어요. 저희도 좌석에 다리가 끼어서 못 움직이겠어요. 흑흑."

"기택아! 서준아!"

이주찬 선생은 조수석에 있던 기택이를 흔들어 보았지만, 반응이 없었다. 차 안에는 아이들의 신음과 바닥에 흐르는 피가 흥건했다. 상황의 심각성을 깨달은 그는 구조가 시급하다고 판단했다.

"도윤아! 119는? 119에 전화해봤어?"

"전화가 안 돼요, 선생님. 신호가 안 잡혀요. 진짜 큰일 났어요."

긴박한 상황 속에서도 이주찬 선생은 침착하게 행동하려 애썼다. 그는 우선 안전벨트를 풀고 깨진 운전석 쪽 창문을 통해 밖으로 나가려 했다. 하지만 우측 다리가 극심한 통증을 호소했다.

"아악… 다리가…."

그는 자기의 오른쪽 허벅지를 내려다보았다. 골절된 다리가 이미 잔뜩 부어올라 있었다. 이주찬 선생은 팔의 힘만으로 창문을 통해 간신히 밖으로 나갔다. 차의 뒷부분은 흙 속에 깊이 박혀 있고, 차량을 억지로 움직이면 아이들이 더 위험해질 수도 있으리라는 판단이 들었다.

"도윤아, 영철아! 차 문이 나무에 끼어서 열리질 않아. 선생님이 위로 올라가서 119에 신고하고 올 테니까… 조금만 기다려!"

"네, 선생님! 빨리 오세요. 으으윽…."

이주찬 선생은 골절된 다리를 질질 끌며 거의 기듯이 비탈을 올라갔다. 한 걸음 한 걸음이 고통스러웠지만, 아이들을 구해야 한다는 마음 하나로 멈출 수 없었다. 그는 휴대전화를 수시로 확인하며, 신호가 잡히기를 간절히 빌었다. 길까지 올라오자 마침내 휴대전화의 신호가 잡혔고, 그는 급히 119에 전화를 걸었다.

"지금 차가… 산에서 굴러떨어져서… 많이 다쳤습니다. 구조대 좀… 빨리…."

그 순간 뒤에서 끼익, 소리와 함께 '퍽' 하는 충격음이 들렸다. 이주찬 선생이 커브길에 서 있던 그 자리에서 다른 차에 치이고 만 것이다. 차의 속도가 빠르지는 않았지만 이미 다리가 골절된 상태였던 그는 충격을 견디지 못하고 바닥에 나가떨어졌다. 게다가 하필 머리가 바위에 부딪히며 그의 의식마저 차츰 흐려지기 시작하고 있었다.

"어머 어떡해, 오빠? 사람을 쳤어!"

"아니, 여기에 왜 사람이 서 있는 거야?"

놀란 운전자와 동승자가 급히 차에서 내려 이주찬 선생에게로 다가왔다. 희미하게 눈을 뜨고 있는 선생의 손목에 찬 스마트워치가 119와 통화 중이라는 것을 발견한 그들은 서로를 쳐다보았다.

"이 사람, 왜 119에 전화를 했지?"

그러고 있는데 전화기 너머에서 누군가의 목소리가 들려왔다.

"지금 몇 분이나 계시죠?"

"…."

상황이 파악되지 않은 운전자와 동승자는 아무런 대꾸도 하지 못했다. 그러자 다시 119 상황실의 누군가가 거듭 전화기 너머에서 말을 걸어왔다.

"선생님?"

사고를 낸 운전자가 마지못해 대답했다.

"네."

"지금 몇 분 계시죠?"

"하… 한 명입니다."

뚝.

운전자는 얼떨결에 전화를 끊어버렸다. 그러더니 혼잣말처럼 뇌까렸다.

"나…. 난… 신고했어."

그렇게 혼잣말을 내뱉던 운전자와 동승자는 곧 차에 다시 올라타더니 현장을 빠르게 떠나버렸다. 희미하게 열려 있던 이주찬 선생의 눈이 결국 천천히 감기고 말았다.

다행히 이주찬 선생의 BVS 영상에는 뺑소니 차량의 번호가 선명하게 찍혀 있었다. 경찰은 곧바로 차량을 수배했고, 도망쳤던 운전자는 그날 바로 검거되었다. 그는 경찰 조사에서 너무 두려워 현장을 떠났다고 진술했다. 또 119에 신고를 했으니 자신은 할 일을 다 했다고 생각했다고 변명했다. 운전자는 중학생 아이들이 산 밑에서 선생님을 기다리며 죽어가고 있다는 건 전혀 알지 못했다고 했다.

유라는 이주찬 선생의 BVS 영상을 보고 마음이 착잡해졌다. 지레짐작으로 그를 비난했던 자신이 한심하고 부끄러웠다. 하지만 그렇게 이주찬 선생을 비난한 것은 유라 혼자만이 아니었다. 인터넷에는 이주찬 선생을 헐뜯는 기사와 댓글이 넘쳐났고, 청와대 국민청원 게시판에까지 그를 강력하게 처벌해 달라는 장문의 글이 올라올 정도였다. 그런데 BVS를 통해 이 모든 소란이 대중의 편견과 지레짐작에 따른 잘못된 증오였음이 밝혀진 것이다.

하루가 지나고, 이주찬 선생이 중환자실에서 의식을 되찾았다. 여러 종류의 신경 검사가 진행되었는데 다행히 뇌와 신경에는 큰 이상이 없었다. 유라는 검사가 진행되는 도중에 BVS에서 본 장면들을 이주찬 선생에게 자세히 설명했다. 설명을 다 들은 이주찬 선생은 하염없이 눈물을 흘렸다. 유라가 조심스럽게 물었다.

"괜찮으세요?"

이주찬 선생은 눈물을 훔치며 고개를 저었다.

"괜찮지 않습니다. 어찌 됐건… 저 때문에 아이들이 죽고 다쳤습니다. 저 자신을 도저히… 용서할 수가 없습니다. 다른 선생님들 말을 들었어야 했는데…."

"…"

"아이들과 너무 가까이 지내지 말라는 충고를 무시했습니다. 아이들이 정말 좋아서, 그 애들과 함께하는 시간이 좋았거든요. 그래서 이번에도 중간고사 끝나고 여유 있는 아이들과 산에 갔다가 이런 일이 벌어졌습니다. 다들 말렸는데…, 뭐가 잘났다고… 제 고집만 내세우다가… 결국…. 너무 후회됩니다."

옆에서 같이 듣고 있던 한상식이 조용히 입을 열었다.

"선생님! 선의로 한 일이었으니…, 학부모들이나 학생들이나…, 어느 정도는 이해를 해주지 않을지…."

그런데 그의 말이 채 끝나기도 전에 이주찬 선생이 다시 입을 열었다.

"아이가 죽었습니다. 이해가 아니라… 책임이 먼저겠죠."

그러면서 이주찬 선생은 고개를 깊이 숙였다. 그리고는 다시 울먹이는 목소리로 말을 이어갔다.

　　"하지만 책임을 지고 싶어도… 아이가 이미 죽고 없으니… 무슨 책임을 어떻게 질 수 있을지…."

　　그러자 한상식이 다시 묵직한 목소리로 말을 이었다.

　　"선생님, 사실 의사들도 마찬가지입니다. 사람을 살리는 노력 중에 환자가 세상을 떠나거나 합병증이 생길 때도 있지요."

　　이주찬 선생은 무언가 흥미가 생겼는지 눈길을 한상식의 얼굴에 고정시키며 물었다.

　　"그럴 때…, 그럴 때 의사 선생님들은 어떻게 하시죠?"

　　한상식이 다시 입을 열었다.

　　"뭘 어떻게 하겠습니까. 사과할 건 사과하고 책임질 건 책임지면서 다시는 같은 일이 일어나지 않도록 주의해야죠. 그리고 남아 있는 환자들을 계속 돌봐야죠. 그들을 외면할 수는 없으니까요. 만약 잘못이 두렵다고 모두가 그만둔다면, 세상에 남는 의사가 한 명도 없을 겁니다. 허허…."

　　"네."

　　이주찬 선생은 아주 조금 고개를 끄덕였고, 한상식이 계속해서 말을 이어갔다.

　　"선생님도 아마 본인 나름의 신념이 있으실 겁니다. 저 역시 그게 학생들을 위한 일이라고 생각합니다. 하지만 잘못된 일은 어디서든 일어날 수 있는 거 아닌가요? 그렇다고 그런 것이 두려워 선생님들이 몸을 사리기 시작하면 누가 아이들을 위해 일하고 그들은 무엇을 배우겠습니까? 아마 몸을 사리는 법만 배우겠지요. 선생님도 책임이 두려워 도망치신다면….”

한상식의 목소리가 조금 격해진다고 생각했는지 유라가 옆에서 그를 조용히 진정시켰다.

“선생님! 진정하세요. 환자도 이제 좀 쉬셔야죠.”

하지만 이주찬 선생은 괘념치 않는다는 태도였다.

“선생님, 감사합니다. 저도 아이들에게 힘든 일이 있을 때마다 이겨내라고 가르칩니다만, 선생이라도 막상 이런 일들은…. 정말 쉽지 않군요.”

그러자 한상식이 다시 입을 열었다.

“책임은… 질 사람이 정하는 게 아니라… 당한 사람이 정하는 게 맞겠지요. 그리고 이 경우에는… 죽은 기택이의 부모들이 정하지 않을까 싶습니다.”

“그래야겠지요. 세상에 둘도 없는 자식을 잃으셨으니…. 저는 세상의 처벌이나 원망이 두려운 게 아닙니다. 다만… 어떻게 하더라도… 이 상황이 예전으로 다시 되돌려질 수 없다는 게… 너무나 두렵고 고통스럽습니다. 절대로 돌이킬 수 없는 이 상황이… 마치 거대한 성벽이… 제 머리 위로 와장창 무너지는 것만 같습니다.”

한상식도 유라도, 쉽게 위로할 말을 찾을 수가 없었다. 이주찬 선생의 눈가에는 다시 눈물이 고였다. 그는 가늘게 한숨을 내쉬며 고개를 들어 창밖을 바라보았다. 빛이 바래는 오후의 햇살이 희미하게 그를 비추고 있었다.

책임의 무게 ——〜\/\——————

며칠 뒤, 이주찬 선생이 다시 중환자실에서 일반병실로 옮기는 날이 되었다. 걱정과 달리 학부모들은 소란을 피우지 않았다. 이주찬 선생의 BVS 이야기를 이미 들어서 알고 있기도 하고, 아이들이 미리 자기 부모들에게 간곡히 부탁을 해두었기 때문이기도 했다. 사망한 기택이의 부모님이 문제였는데, 이들도 저간의 사정을 알고는 병원에 다시 찾아오지 않았다. 치료를 마친 서준이가 그런 기택이 어머니의 편지라며 이주찬 선생에게 종이 한 장을 내밀었는데, 거기에는 결코 길다고 할 수 없는 몇 줄의 눈물 같은 글이 적혀 있었다.

"기택이를 다시 볼 수만 있다면…, 우리 부부는 어떤 악마와 어떤 거래를 하게 되든… 절대로 망설이지 않을 겁니다. 세상을 모두 불태워서라도… 우리 아이를 되찾고 싶습니다. …. 선생님을 다시 보게 된다면… 분노와 적개심을 감출 수 없을 듯하여… 병원에는 가지 않으려고 합니다. …. 기택이가 선생님을 얼마나 존경하고 좋아했는지… 우리도 알고 있습니다. 그래서 슬픔이 더 커지고 배신감 또한 누를 길이 없지만… 하느님 앞에 무릎 꿇고 아침저녁으로… 이 분노를 잠재

워달라고… 기도하고 또 기도합니다. 이것밖에는 할 수 있는 일이 아무것도 없습니다. 슬프고 또 참담합니다. 선생님께서는 부디 쾌차하시고… 기택이에게 못다 전한 스승의 은혜… 다른 아이들에게라도 꼭 전해주시기를… 빕니다."

편지를 읽는 동안 이주찬 선생의 볼에서는 눈물이 하염없이 흘렀다. 편지를 다 읽고도 제대로 숨을 쉬지 못할 정도로 격정과 슬픔에 휩싸여서 한참을 침대 위에서 버둥거렸다. 그 모습을, 편지를 전한 서준이와 몇몇 아이들이 복도에 서서 모두 지켜보았다. 아이들의 얼굴에서도 한동안 눈물 자국이 지워지지 않았다.

며칠 후, 유라가 병원 복도를 바쁘게 걸어가는 우진을 불러 세웠다.
"우진아!"
"왜? 나, 바쁜데…. 내일 있을 김승태 교수님 수술 때문에 마취과에 협의하러 가야 하는데."
"그거 이따 해도 되잖아. 나랑 환자 좀 보러 가자."
유라의 조금 시무룩한 얼굴을 본 우진이 의아해하며 물었다.
"환자 누구? 무슨 일인데?"
"이주찬 선생님한테 사과하려고. 내가 저번에 너무 몰아붙였잖아."
"에이, 안 해도 돼. 그 선생님은 기억도 못 할걸. 그때 욕한 사람이 어디 한둘이야?"

"그래도 사과는 해야 해. 그게 내가 한 일에 책임을 지는 거니깐. 게다가, 내가… 기억하니까, 꼭 해야 해."

"어휴, 그놈의 원칙…. 근데, 그런 건 너 혼자 가도…."

그러던 우진이 잠시 유라의 얼굴을 살피더니 얼른 말을 바꾸었다.

"아니, 혼자 가면 안 되고… 당연히 내가 같이 가야지! 내가 네 남자친구니깐. 음…, 남자친구는 이럴 때 도움이 돼야지."

"그래, 잔말 말고 빨리 가자."

병실에서 유라는 이주찬 선생에게 정중히 사과했다.

"지난번에, 함부로 말씀드린 거… 정말 죄송합니다."

이주찬 선생은 무안한 표정으로 기억도 못 한다며 신경 쓰지 말라고 대답했다. 그렇게 병실을 나온 두 사람은 모처럼 병원 로비의 커피숍에서 찻잔을 들고 마주 앉았다.

"나름 신중한 성격이라고 생각하고 살았는데… 내가 너무 섣불리 판단했어."

"누구도 이런 반전이 있을 줄은 몰랐으니까."

"역시 BVS를 보기 전에는 그 사람을 알 수 없다는 말이 맞는 것 같아."

"그래, 그렇지. BVS는 그 사람의 기억을 보는 거니까, 그 사람을 더 잘 알 수 있게 되긴 하지."

"누군가 내 BVS를 보면… 진짜 나를 알아줄 거야."

"응. 나도 네 머리 열어보고 싶긴 해."

그 말에 유라는 우진을 빤히 쳐다보며 물었다.

"내 머릿속이 궁금해? 뭐가 궁금한데?"

"응?"

"빨리 물어봐, 대답해 줄 테니까. 바쁘다며."

"아…. 그러니깐."

"궁금한 거 없어?"

약간 언짢은 표정의 유라에게 우진은 이 기회에 솔직하게 물어보기로 했다.

"요즘, 무슨 일 있어?"

"무슨 일?"

"아니, 요즘 스트레스 많이 받나 해서…. 예전보다 안 웃는 것 같고, 좀 날카로워진 것 같기도 하고. 결혼 때문에 그래?"

"그건 네가 직접 알아내야지. 내가 왜 안 웃는지… 몰라?"

"응? 무슨 일인데?"

"내가 안 웃으면… 네가 날 웃게 해야지. 본인의 무능을 무지로 변명할 셈이야?"

"치, 그전에는 나 때문에 웃었나?"

"네가 개그맨이냐? 내가 너 때문에 웃게?"

"알았어."

우진은 힘없이 대답했다.

"넌 나한테 뭐 궁금한 거 없어? 나도 대답해 줄게."

우진의 말에 유라는 한심하다는 듯이 대꾸했다.

"난 이미 네 머리 꼭대기에 있어서… 궁금한 게 하나도 없어."

"응, 알았어….."

"하하하."

유라는 당황해하는 우진을 보며 오랜만에 즐겁다는 듯이 크게 웃었다. 그 웃음소리가 병원의 차가운 공기를 조금은 따뜻하게 덮여주는 듯했다. 그 순간만큼은 모든 것이 괜찮아질 거라고 믿고 싶었다. 하지만 유라는 마음 한구석에 무거운 진실을 안고 있었다.

'만약 우진이 진실을 알게 된다면, 과연 지금처럼 내 곁에 있을 수 있을까?'

그런 생각이 머릿속을 스칠 때마다 유라는 마음의 문이 닫히곤 했다.

'과연, 우진이는 내 진실을 받아들일 준비가 되었을까?'

뒷이야기 ──────

처음에는 이주찬 선생을 몹쓸 사람이라며 비난하던 여론도, 진실이 밝혀지자 빠르게 태도를 바꾸었다. 다행히 남은 아이들은 몇 개월간의 재활 치료 후 별다른 후유증 없이 모두 퇴원할 수 있었다. 아이들이 퇴원할 무렵에는 언론의 관심도 이미 사라지고 없었고, 이주찬 선생 역시 큰 후유증 없이 병원 문을 나설 수 있었다.

이주찬 선생은 학교의 징계를 받았지만, 아이들의 청원 덕분에 사고의 무게에 비해서는 비교적 가벼운 처벌을 받았다. 그렇게 일상은 점차 원래의 모습을 되찾아갔다. 이주찬 선생이 그 사고의 트라우마를 얼마나 잘 극복했는지 알 수는 없지만, 소문에 따르면 학생들을 향한 그의 사랑과 관심에는 변한 것이 없다고 했다.

당시 경막외 뇌출혈로 개두술을 받고, 우측 발목 골절로 재수술을 받아야 했던 서준이는 한 언론사와의 인터뷰에서 이렇게 말했다.

"발목이 완전히 회복되면 선생님하고 함께 갔던 여행을 또 가고 싶어요. 불행한 사고가 있었지만, 저희는 선생님을 원망하지 않아요. 그날의 가을 단풍산은 절대 잊지 못할 거예요. 선생님이 '가을에 단풍산을 보지 않을 거면 우리가 열심히 공부하는 게 무슨 소용이냐!'고 말씀하시며 다 같이 웃던 순간이 아직도 생생해요."

서준이는 말을 마치며 미소를 지었다.

"그 가을의 기억은 슬프지만 정말 소중해요."

CASE 05

기억은 죽지 않는다

기억은 죽지 않는다

    우리나라에는 혼수상태에 빠질 경우 본인의 의사와 무관하게 법에 따라 반드시 BVS로 과거의 기억을 확인해야 하는 특별한 부류의 사람들이 있다. 대부분은 국가의 중요한 역사적 진실을 밝히는 데 핵심이 되는 인물들이다. 간혹 이들이 중요한 정보를 또렷이 기억하지 못해 BVS를 시행하는 경우도 있지만, 때로는 자신의 명예나 부끄러운 과거를 감추기 위해 고의로 사실을 숨기기 때문에 불가피하게 BVS를 시행하는 경우도 있다. 그러므로 이런 사람들 가운데 누군가 혼수상태가 되어 병원에 이송되면, 보호자는 반드시 국방부에 신고를 해야만 한다. 국방부에서 파견된 전문가가 BVS를 실시해 필요한 영상을 확보함으로써 과거의 진실을 영구 보존하는 것이다.

110세 노인 ——〜╱╲〜——————

시온대학병원 신경외과 중환자실 앞.

우진이 한 노인의 죽음이 임박했음을 그 가족들에게 설명하고 있었다. 110세나 된 노인이 자전거를 타다 넘어지는 사고로 급성 경막내 출혈이 생겨 의식을 잃었다.

사실 모든 의사의 기본 책무는 환자를 치료하는 것이지만, 때로는 환자의 가족들을 위로하는 것이 더 중요할 때도 있다. 노인의 가족들이 거의 20명이나 모여 병상을 지키는 모습에 우진은 그 노인의 삶이 결코 나쁘지는 않았으리라고 짐작했다.

"많이 슬프시죠? 그래도 100세가 훌쩍 넘은 연세에 갑작스러운 뇌출혈로 돌아가시는 건, 가족들 입장에선 힘드시겠지만… 할아버지께서는 큰 고통 없이 편하게 가시는 것이라, 그나마 다행이라고 할 수 있습니다."

그때, 가족 중 큰아들이 나서서 조심스레 한 가지 부탁을 해왔다. 그 역시 80대 노인이었다.

"저… 의사 선생, 한 가지만 좀 부탁드려도 될까요?"

"네, 말씀하세요."

"저희 아버님께서 증손녀를 유난히 아끼셨는데, 그 아이가 할아버지를 뵙고 인사드릴 수 있게… 그때까지만 좀 생명을 유지하게 해주실 수 없을까요? 아마 사흘 정도 걸릴 것 같은데, 그때까지만 꼭 좀 부탁드립니다."

"어디서 오시는데요?"

"지금 독일에서 유학 중입니다."

"아… 네. 그러려면 강심제를 써서 억지로 심박 수를 유지해야 하는

데, 강심제는 한 번만 사용해도 환자가 오래 버티실 수도 있습니다."

"그렇군요."

큰아들은 실망한 듯 고개를 떨구었다. 그러나 다른 가족들은 서로를 격려하며 노인을 응원하기 시작했다.

"우리 할아버지는 그때까지 버티실 거야."

"할아버지, 힘내세요. 눈에 넣어도 안 아프다던 증손녀, 은영이 꼭 봐야죠."

가족들은 하나같이 노인의 손을 잡고 한마디씩 응원의 말을 건넸다. 하지만 가쁘게 몰아쉬는 환자의 숨을 봐서는 그들의 응원에도 불구하고 노인이 오래 버티기는 어려울 것으로 여겨졌다.

가족들이 모두 돌아간 뒤, 우진과 유라는 중환자실 회진을 돌며 조용히 대화를 나누고 있었다. 그 모습을 지켜보던 중환자실 수간호사가 다정한 목소리로 말을 걸었다.

"두 사람, 참 잘 어울려! 결혼하면 정말 잘 사실 것 같아요."

우진이 쑥스러운 듯 미소를 지으며 고개를 숙여 감사를 표했다.

"하하. 감사한 말씀입니다."

그러나 유라는 별다른 반응을 보이지 않았다. 순간 어색한 침묵이 흘렀고, 이를 깨기 위해 우진이 전날 있었던 110세 할아버지의 이야기를 꺼냈다. 그 가족들이 노인의 증손녀가 독일에서 오기까지 3일만 더 버티게 해달라고 부탁했던 사연까지 말하자, 유라는 잠시 생각하더니 입을 열었다.

"환자가 언제 죽는지 알아? 아니 정확히 말하면, 보호자들이 환자가 언제 죽었다고 받아들이는지 알아?"

"음… 환자의 심장과 호흡이 멈추면?"

유라는 고개를 저었다.

"아니. 그것만으로는 부족해."

"뇌 기능이 정지하면?"

"아냐."

"…."

"바로 의사가 사망 선언을 할 때야. 이미 심장이 멈추고, 호흡이 멈춰도 보호자들은 그 순간을 사망 순간으로 받아들이지 못해. 의사가 사망을 선언하는 순간, 그제야 보호자들은 진짜로 환자가 떠났다고 믿게 되는 거지."

우진은 고개를 끄덕이며 생각에 잠겼다.

"음…. 그렇긴 하네. 하지만 그런 식으로는 몇 시간쯤 사망을 늦출수는 있을지 몰라도 며칠이나 버티는 건 어렵지 않겠어?"

유라는 살짝 미소를 지으며 말했다.

"물론이야. 하지만 네가 사망 선언을 몇 시간이라도 늦춰준다면, 환자는 임종 전에 증손녀 얼굴을 볼 수 있을지도 모르지."

우진은 조용히 유라를 바라보다 고개를 저었다.

"우리가 사람의 죽음을 그렇게 마음대로 조절할 수는 없어. 돌아가시면 바로 사망을 선언하는 게 의사로서 마땅하다고 생각해."

"그냥 그렇다는 얘기야."

두 사람은 그렇게 대화를 마쳤지만, 예상과 달리 노인은 증손녀가 올 때까지 정말 사흘을 버텼다. 독일에서 한국까지 한걸음에 달려온 증손녀는 할아버지의 손을 꼭 잡고 참았던 눈물을 터뜨렸다. 가족들은 할아버지가 증손녀 얼굴을 보기 위해 지금까지 견딘 것이라고 입을 모았다. 모두가 '이제 편히 쉬세요.'라며 작별 인사를 건넸고, 고이 잡았던 손을 차례차례 조용히 놓아드렸다.

그런데 노인의 혈압이 좀처럼 떨어지지 않았다. 70에 50. 그 숫자는 여전히 할아버지의 생명을 연약하지만 완강하게 붙들고 있었다.

입원 7일째 되던 날, 뜻밖의 사실이 알려졌다. 노인이 혼수상태에 빠질 경우 법에 따라 의무적으로 BVS를 받아야 하는 대상자라는 것이 었다. 보호자들은 한동안 이 사실을 까맣게 잊고 있다가 뒤늦게야 병원과 국방부에 알렸다. 국방부 관계자들은 급히 병원을 찾아와 BVS를 시행했다. 그들은 노인이 6.25 전쟁 때 특수부대의 장교였다면서, 당시에 대한 그의 기억 영상이 국가적으로 매우 중요한 자료라고 설명했다. 기록이 부족한 당시의 특수부대 활동을 증명할 수 있다는 점에서, 노인의 기억은 그 자체로 역사적 가치가 있었던 것이다.

그 이야기를 듣던 우진이 유라에게 나직이 말했다.

"와! 1950년에 6.25 전쟁이 있었으니까, 계산해보면 할아버지는 그 당시 20대셨겠네."

"그러네. 그럼 광복도 겪으셨을 거고…. 해방에 6.25까지…, 이 할아버진 우리가 책으로만 배운 우리 현대사를 정말 몸으로 직접 겪으신 분이야."

"진짜 우리나라 현대사의 산증인이시네."

유라와 우진은 그저 병상에 누워 있던 노인을 완전히 새롭게 보게 되었다. 그들에게 노인은 이제 단순한 '환자'가 아니라, 살아 있는 역사 그 자체였다. 한국 현대사를 겨우 25년 남짓 살아온 자신들의 삶이, 이 노인의 세월 앞에서 얼마나 작은지 두 사람은 절감하고 있었다.

BVS 시술을 마치고, 가족들은 '노인네가 이 일을 마치기 위해 버티고 계셨나봐, 이제는 편히 가실 거야.'라고들 했다. 하지만 BVS 시술 중 혈압을 높이기 위해 강심제를 한 번 사용했기에, 이후 혈압이 다시 70에 50으로 내려오긴 했어도 그 약의 잔류 효과가 어떻게 작용할지는 아무도 확신할 수 없었다. 우진은 보호자들에게 마음의 준비가 필요하다고 설명하면서도, 강심제의 영향으로 예상보다 조금 더 오래 버틸 가능성도 있다고 덧붙였다.

죽지 못한 사연 ───∧⋀╲╱───

입원한 지 2주가 지날 무렵, 할아버지의 심장은 여전히 멈추지 않았고, 보호자들은 점차 불만을 터뜨리기 시작했다.

"선생님! 이게 대체 어떻게 된 일입니까?"

"네?"

우진은 난감한 표정을 지었다.

"선생님께서 분명 며칠 못 버티실 거라고 했잖아요. 그런데 BVS 하면서 강심제를 쓰면 어떻게 합니까?"

"그 후로 혈압이 곧바로 낮아졌기 때문에…. 큰 영향은 없었던 것 같은데…."

그러나 큰아들은 굳은 표정으로 계속 불만을 드러냈다.

"선생님, 제 어머니도 뇌출혈로 식물인간이 되셔서 10년간 누워 계시다가 돌아가셨어요. 근데 아버지까지 이렇게 되시면… 저희는 어쩌라는 겁니까? 병원에서 강심제를 마음대로 사용했으니, 앞으로 발생하는 치료비와 간병비는 병원에서 다 책임지세요."

이 말에는 우진도 울컥하고 말았다.

"의사가 저승사자도 아니고, 어떻게 돌아가실 날짜와 시간을 정해 줍니까?"

"뭐라고? 네가 의사야?"

흥분한 큰아들은 우진의 멱살을 잡았고, 주변 사람들이 급히 달려와 그들을 간신히 떼어놓았다.

입원한 지 3주째 되는 날, 중환자실 한편에서 우진과 유라는 노인의 혈압 모니터를 바라보고 있었다.

50에 30.

수동으로 재차 측정해 봐도 결과는 같았다. 50에 30. 유라가 고개를 갸웃하며 중얼거렸다.

"정말 잘 버티시네."

그 말에 우진이 물었다.

"너, 이런 경우 본 적 있어?"

"아니, 처음 봐."

"하…. 정말 왜 이러시는 걸까…. 이미 돌아가실 때가 지난 것 같은데…."

우진이 난감한 표정으로 한숨을 쉬자 유라가 물었다.

"왜, 무슨 일 있어?"

"보호자들이 계속 항의 중이야. 곧 돌아가실 거라고 설명했는데 이렇게 오래 버티시니까…."

"네 잘못은 아니잖아."

"그렇긴 한데…, 보호자들이 병원비랑 간병비를 병원에서 책임지라고 요구하고 있어."

"병원비랑 간병비가 부담이 되긴 하겠지…."

그러다 문득 우진은 다른 생각을 떠올렸다.

"혹시 할아버지가 아직도 기다리는 누군가가 따로 있는 건 아닐까? 그래서 세상을 떠나지 못하고 이렇게 버티시는 건지도 모르지. 예를 들면 첫사랑 같은 사람을 기다린다거나…."

유라는 그런 우진을 한심하다는 듯이 쳐다보았다.

"의사라는 사람이… 정말 한심하다."

"그럼 넌 왜 이러시는 거 같아?"

무언가를 조금 생각하던 유라가 대답했다.

"아마… BVS 시술할 때 들어간 승압제 때문이겠지."

"에이, 말도 안 돼. 그 약 반감기가 얼마나 짧은데….”

"그러게…. 나도 잘 이해가 안 되긴 해."

유라는 골똘히 생각에 잠겼고, 우진은 그런 그녀를 가만히 바라보고 있었다. 차갑지만 묘하게 아름다워 보이는 그녀의 눈길은 여전히 모니터에만 머물러 있었다.

그때, 중환자실 간호사가 다가와 면회 요청 소식을 전했다.

"선생님! 어떤 할머니가, 이 할아버지 보호자로 면회 요청을 하셨어요. 잠깐만 보고 가시겠대요."

"네, 그렇게 하세요."

우진은 대수롭지 않게 대답했다.

잠시 후, 백발의 할머니 한 분이 휠체어에 탄 채 손녀딸로 보이는 젊은 여성의 도움을 받아 중환자실에 들어왔다. 우진은 혹시 설명이 필요할까 싶어서 옆에 서 있었지만, 할머니는 그저 말없이 할아버지의 손을 잡고 환자의 얼굴을 바라보기만 했다. 그 눈빛은 마치 오래된 추억 속에 깊이 빠진 듯했다. 그렇게 얼마를 머물더니 할머니는 슬픈 미소를 지은 채 조용히 중환자실을 떠났다.

그런데, 그 할머니가 떠나자마자 환자의 혈압이 급격히 떨어지기 시작했다.

"뭐지? 갑자기 혈압이 안 잡혀."

놀란 우진을 뒤로하고 유라는 간호사들에게 바로 보호자들에게 연락을 취하도록 지시했다.

"저 할머니가… 할아버지께서 그동안 기다리던 분 아닐까?"

우진의 말을 유라는 단칼에 잘랐다.

"말도 안 되는 소리."

우진은 그래도 할머니의 정체가 궁금해서 중환자실을 뛰어나와 그녀를 찾았고, 마침 병원 정문에서 택시를 타려던 그녀를 겨우 붙잡았다.

"저… 할머니, 할아버지랑 어떤 관계세요?"

의사가 뛰어나오자 조금 놀란 듯하던 할머니는 이내 차분한 표정을 지으며 이렇게 대답했다.

"나? 친구야. 옛날에 같은 동네에서 친하게 지낸, 그냥 친구."

"아, 네…."

우진은 더 묻고 싶었지만 적절한 질문을 찾지 못해 잠시 머뭇거렸다.

"근데, 그건 왜 물어요?"

"아, 환자분이 할머니 다녀가시고 나서 상태가 좀 변하셔서요."

"그래요? 근데 보호자들한테는 내가 왔다는 건 비밀로 해주세요. 어차피 나 누군지 모를 거야."

"네…."

우진이 고개를 끄덕이자, 할머니는 가벼운 인사를 남기고 돌아섰다. 그 모습을 지켜보던 우진은 문득 BVS 영상 속에서 할아버지가 자주 들여다보던 낡은 사진 한 장을 떠올렸다. 혹시 그 사진 속 여인이 방금 만난 그 할머니가 아닐까 하는 생각이 스치면서도, 영상에서 얼핏 본 오래된 사진만으로는 확신하기가 어려웠다.

우진이 다시 중환자실로 돌아왔을 땐, 인근에 대기하고 있던 큰아들이 이미 병실에 와 있었다. 우진은 BVS 영상 속 사진의 인물이 누군지 힌트를 얻기 위해 큰아들에게 조심스레 물었다.

"아버님이랑 어머님은 어떻게 6.25를 견디셨다던가요?"

큰아들은 웃으며 손을 저었다.

"아니요. 두 분은 6.25 끝나고 나서 만나셨어요."

"아, 그래요?"

우진은 '그럼 그 사진 속 여인이 정말로 조금 전 다녀간 그 할머니였던 걸까?' 하는 의문을 떨칠 수가 없었다.

의국으로 돌아온 우진은 유라에게 자신의 추측을 털어놓았다.

"혹시 말이야…, 직업군인이었던 할아버지랑 할머니가 약혼한 사이였는데…, 6.25가 터지는 바람에 서로 소식이 끊긴 건 아닐까? 그러다 각자 다른 사람과 결혼했지만… 서로를 잊지 못하다가… 이번에 할머니가 간신히 수소문해 찾아온 거지. 그런데 할아버지는 이미 위중한 상태인 거고."

우진의 이야기를 듣던 유라가 눈썹을 살짝 치켜올리며 되물었다.

"그럼 할아버지가… 그 할머니를 90년 동안 잊지 못했을 거라는 얘기야?"

"첫사랑이니까…."

"….."

"죽기 전에… 꼭 한 번은 만나고 싶었을 수도 있잖아."

우진의 눈은 이미 창밖 어딘가를 바라보고 있었는데, 거긴 그냥 텅 빈 하늘이었다. 우진은 속으로 6.25라는 비극을 견뎌낸 그들의 사랑이기에 더 아름답게 기억되었을지도 모른다는 생각을 하고 있었다. 그래서 할아버지는 꺼져가는 심장을 부여잡고 그 할머니를 기다렸던 것이 아닐까. 현대 의학으로는 설명하기 어려운 일이지만, 사실은 아무도 모른다.

"너 되게 로맨틱한 이야기를 좋아하는구나."

"아니…. 그냥…."

유라는 잠시 생각에 잠기더니, 문득 우진을 바라보며 물었다.

"그럼 너는 어때? 너도 첫사랑 있을 거 아냐. 죽기 전에 만나보고 싶어?"

"응? 그건…."

우진이 당황해 대답을 망설이자, 유라가 곧장 놀리듯 말했다.

"결혼하기 전에 너도 BVS부터 해봐야겠네. 그게 내 결혼 조건이야."

"정말 어처구니가 없네."

정말 BVS를 하면 진정한 사랑을 알 수 있을까? 사실인지 알 수는 없다. 이를 위해 머리에 구멍을 뚫는 일은 없을 테니. 다만 상식적으로 생각해 보면 진정한 사랑이라면 우리의 기억 속에서 그 사람이 큰 비중을 차지하고 있을 것이고, 그 사람은 빛나는 존재로 남아 있을 것이다. 정말 좋아하는 사람은 현실에서도 반짝반짝 빛나고 있으니까.

뒷이야기

노인이 세상을 떠난 며칠 뒤, 우진은 병원 외래센터 앞을 지나다 얼마 전 중환자실에서 보았던 낯익은 할머니가 휠체어를 타고 지나가는 모습을 보게 되었다. 그는 망설임 없이 다가가 말을 걸었다.

"할머니! 얼마전 중환자실에 면회 오셨던 분이시죠?"

"어머, 그때 그 의사 선생님이네."

우진은 할아버지의 소식을 전했다.

"할아버지는 그날 돌아가셨어요."

"그랬군요."

할머니의 얼굴에는 담담한 미소와 아련함이 뒤섞여 있었다. 우진은 지금이야말로 의문의 진실을 밝혀볼 기회라고 생각했다.

"할머니, 제가 사실은 할아버지 BVS 영상을 봤어요. 6.25 때 할아버지께서 한 여성분 사진을 수시로 보고 계시던데…, 혹시 그분이 할머니 아니실까요?"

"그래요?"

할머니는 엷은 미소를 지었다. 그 미소를 보며 우진은 자신의 짐작을 확인하기 위해 다시 한번 조심스레 물었다.

"혹시 할아버지와 약혼이나 뭐… 그런 걸 하신 사이 아니셨나요?"

그런데 돌아온 대답은 의외였다.

"약혼? 아니! 무슨 약혼이야, 호호. 그때는 서로 좋아해도… 좋아한다고 말도 못 하고 그랬어."

"왜요?"

할머니는 쓸쓸한 웃음을 지었다.

"그때는 그런 걸 표현하는 게 쉽지 않았어. 지금과는 많이 달랐어요."

"…."

"해방 직후에, 동네 전체가 잔치 분위기일 때, 인근에서 또래라고는 오빠랑 나밖에 없었어. 그래서 다들 시간이 지나면 우리 둘이 결혼을 할 거라고 여기긴 했지."

"그랬는데요?"

할머니는 오래된 기억을 하나둘 더듬어갔다.

"근데 6.25가 터질지 누가 알았겠어. 전쟁이 나자 우리 아버지가 나를 피난길에서 급히 시집을 보냈어요. 광복된 지 몇 년 안 돼 전쟁이 터질 줄 누가 알았겠어. 그리고 그 전쟁이 그렇게 갑작스레 끝날 줄도 몰랐고."

우진이 예상했던 장밋빛 이야기는 아니었다. 그렇지만 그는 인생이란 한 치 앞을 내다볼 수 없는, 언제 어떤 일이 생길지 모르는 여정이라는 사실을 새삼 깨달았다. 과학적으로 설명할 수는 없지만, 어쩌면 할아버지는 그녀에게 고백하지 못한 사랑이 한이 되어, 90년 가까운 세월 동안 가슴속에 묻어두었을지도 모른다.

그렇게 이루지 못한 마음을 생각하니, 우진의 머릿속에도 문득 스쳐가는 생각이 있었다.

'우리는 왜 마음을 쉽게 열지 못할까?'

'우린 정말 뇌를 열어봐야만 서로의 마음을 제대로 볼 수 있는 걸까?'

과학으로도, BVS 같은 기술로도, 사람의 마음 깊숙이 자리한 사랑과 아쉬움을 완벽히 설명하기란 불가능한 일이다. 결국 진정한 사랑이란 아무리 세월이 지나도 우리의 기억 어딘가에서 은은하게 빛나는 존재인지도 모른다.

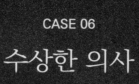

CASE 06

수상한 의사

수상한 의사

삐뽀 삐뽀!

하얀 달에, 붉은 사이렌 불빛이 비친다. 차가운 밤공기를 가르며 병원에 도착한 구급차에서 내린 것은, 꺼져가는 생명의 불씨를 겨우 움켜쥔 한 남자였다. 미리 연락을 받고 대기하던 유라는 환자를 확인하고는 그 끔찍한 모습에 놀라 한 발짝 뒤로 물러섰다.

젊은 아빠 ——

환자는 30대 중반의 남성으로, 산 입구의 절벽 아래에서 발견되었다고 했다. 얼굴은 심하게 파손되어 하얀 뼈가 드러날 정도였고, 심장은 구급대원들의 끈질긴 심폐소생술에도 좀처럼 반응이 없었다. 광대뼈는 함몰되었고, 한쪽 눈이 튀어나올 만큼 부상이 심각했다. 수많은 죽음을 보아 온 유라조차도 충격을 받을 정도였다.

"자살 가능성이 큰 것 같습니다."

구급대원이 피곤에 찌든 목소리로 말했다.

"왜 그렇게 생각하시죠?"

"이분이 발견된 절벽이란 게 등산로에서 벗어난 지점이고, 사실 높이가 5미터 조금 넘는 정도밖에 안 되는 주차장 위의 옹벽입니다. 보통 실수로 발이 미끄러져 다리부터 떨어지면 이 정도로 치명적인 부상을 당하지는 않습니다. 머리부터 추락해야만 설명이 되죠."

구급대원의 말대로, 환자의 상태는 단순 사고로는 설명하기 어려운 것이었다. 환자는 다리가 아니라 머리부터 추락한 것으로 보이는데, 이는 우연이라기보다는 분명히 의도된 행동에 더 가까운 것이었다.

"자살이라니…, 참 힘 빠지는 얘기네요."

유라는 깊은 한숨을 내쉬었다. 의사에게 자살만큼 허망한 일이 있을까. 살리기 위해 살아가는 이에게, 스스로 삶을 포기한 사람이 찾아온 것이다. 의사는 그 사람의 선택을 존중해야 하는 걸까, 아니면 남겨질 가족의 마음을 헤아려 어떻게든 살려야 하는 걸까.

잠시 후 환자의 맥박이 돌아오긴 했으나 언제 다시 멈출지 모르는 위태로운 상태였다. 그때 소식을 듣고 달려온 환자의 아내와 유치원생 정도로 보이는 어린 남자아이가 황급히 응급실에 도착했다.

'어떻게 저런 가족을 두고… 그런 선택을….'

유라는 환자의 이기적인 선택에 화가 치밀었다. 피범벅이 된 남편을 본 젊은 아내는 정신을 잃은 채 절규했고, 어린 아들은 엄마가 왜

우는지 모르는 듯, 응급실 구석에서 가지고 온 야구 글러브를 만지작
거리며 가만히 서 있기만 했다.

심폐소생술을 멈춘 지 10분이 지났을 때, 유라는 환자의 아내에게
지금 상황을 설명했다. 현재 이 상태로는 언제 다시 심장이 멈출지 모
르며, 추가적인 심폐소생술은 더 이상 의미가 없다고.

하지만 환자의 아내는 그 말은 들은 척도 하지 않은 채 계속 절규하
며 울부짖었다.

"살려주세요! 제발… 저 사람 좀… 다시 살려주세요!"

유라는 당장이라도 심각하게 파손된 환자의 머리뼈를 직접 보여주
며 '어떻게 살릴 수 있겠느냐?'고 외치고 싶었지만, 간신히 그 마음을
억눌렀다. 대신 강심제를 투여하여 환자의 혈압을 유지시키는 데 집
중했다.

유라의 머릿속에는 '스스로 목숨을 끊으려 한 환자를 이렇게까지
해가면서 꼭 살려야 하는 걸까?' 하는 의문이 계속 맴돌았다. 간신히
촬영한 CT에는 심각하게 손상된 뇌 상태가 뚜렷하게 찍혀 있었다. 마
침 현장 조사를 마치고 돌아온 경찰이 유라에게 다가왔다.

"선생님, BVS를 진행해야 할 것 같습니다. 보호자가 남편이 절대
자살할 리 없다고 계속 주장하고 있거든요. 살해 가능성까지 조사해
야 한다며 BVS를 요청했습니다."

"네? 하지만 지금 혈압이 워낙 불안정해서….."

결국 보호자의 강력한 요구로, 불안정한 혈압에도 불구하고 BVS 시술이 진행되었다. 그리고 BVS는 충격적인 장면을 보여주었다.

추락의 진실 ──────〜/\/\──────

이야기는 이렇다. 평소 회사 업무가 바빠 가족과 함께할 시간이 부족하던 환자는 사고 당일 문득 고요한 달빛을 보자 평소와는 달리 가족들을 위해 무언가를 꼭 해줘야겠다는 생각이 들었다. 늦은 저녁임에도 귀찮아하는 아내와 기대에 부푼 어린 아들을 재촉해서 가까운 산으로 향했다.

이미 어둠이 내려앉은 시간, 산길 옆 가로등 아래에 돗자리를 깔고 자리를 잡았다. 비록 공이 잘 보이지는 않았지만, 어린 아들이 늘 조르던 캐치볼을 해주기로 했다. 그러던 중, 아직 유치원생이던 아들이 던진 공이 바위에 튕겨 때굴때굴 숲속으로 굴러가 버렸고, 남자는 공을 잡으러 숲으로 달려갔다.

"잠깐만! 아빠가 금방 찾아올게."

그는 손끝으로 어두운 숲의 바닥을 더듬으며 공을 찾았다. 그렇게 엉거주춤 상체를 숙인 채 걷던 남자는 갑자기 나타난 옹벽을 미처 보지 못했고, 그대로 머리부터 바닥으로 추락하고 말았다. 게다가 하필이면 떨어진 자리가 주차장이고 바닥은 시멘트로 두껍게 발라져 있었다. 지친 업무로 인한 피로가 사고에 큰 영향을 미쳤을 것이었다. 만약 정상적인 몸 상태였다면 옹벽 아래에 있는 주차장의 불빛을 보고 피할 수 있었을 사고를, 결국 피하지 못한 것이다. 남편이 병원으로 이송되는 동안 아내와 아이는 돗자리에서 그가 돌아오기만을 기다리다가 어이없게도 구조대원의 전화를 받고서야 사고를 알게 되었다.

그런 장면을 보던 유라는 갑자기 무언가로 머리를 세게 얻어맞은 것만 같았다. 바로 그때 환자의 혈압이 다시 급격히 떨어졌고, 의료진은 심폐소생술을 다시 시작했다. BVS 결과와 사고 이야기를 옆에서 들은 인턴과 응급구조사, 그리고 다른 의료진들의 눈빛에도 힘이 들어갔다. 젊은 아내와 어린 아들에게 이런 갑작스러운 죽음은 너무나도 잔인한 일일 터였다. 가슴을 누르고, 전기 충격을 가하고, 다시 심폐소생술을 반복했다. 유라는 땀에 흠뻑 젖은 채 계속해서 시도했지만, 심폐소생술은 그저 흰 가운에 피만 묻힐 뿐이었다. 환자의 심장은 끝내 돌아오지 않았다.

유라는 결국 떨리는 목소리로 사망을 선고했다. 사망 선고를 들은 젊은 아내는 그대로 바닥에 쓰러져버렸고, 뒤늦게 달려온 다른 가족들도 통곡하며 슬픔에 잠겼다. 응급실 구석에 있던 어린 아들은 무언가 큰일이 벌어졌음을 느꼈는지 아무 말 없이 굳은 표정 그대로 가만히 서 있기만 했다.

유라는 응급실 컴퓨터 앞에서 사망진단서를 작성하며 혹시라도 '자살'이라는 선입견에 자기가 치료를 소홀히 하지는 않았는지 되짚어보

있다. 그 순간, 마음속 깊은 곳에서 설명할 수 없는 커다란 불쾌함이 올라왔다. 그 마음을 간신히 억누르고 있을 때, 환자의 어린 아들이 다가왔다.

"선생님, 죽었다는 게 뭐예요?"

"응? 아…. 그건….."

아이는 주위 어른들이 아무런 설명도 없이 '아빠가 죽었다.'며 울기만 하자, 흰 가운을 입은 유라에게 찾아온 것이었다. 평소 어떤 질문에도 막힘이 없던 유라지만, 이번에는 어떤 말부터 꺼내야 할지 막막하기만 했다. 아이에게 '죽음'을 어떻게 설명해야 하는지는 그 어떤 교과서에도, 그 어떤 논문에도 나와 있지 않았다.

"아…. 저…. 죽음이라는 건 말이지…."

어떻게 하면 아이에게 상처를 덜 주면서 이 상황을 설명할 수 있을까. 아무리 머리를 굴려도 적당한 대답이 떠오르지 않았다.

"심장이 멈추고…. 아니…, 그러니깐…."

그때, 유라의 뒤편에서 부드러운 목소리가 들렸다.

"꼬마야! 이 선생님은 지금 바쁘시니까, 나한테 와볼래?"

우진이었다. 그는 조심스럽게 아이의 손을 잡고 응급실 밖으로 데리고 나가 밤하늘을 가리키며 말했다.

"저기 하늘에 커다란 달 보이지?"

"네."

"죽는다는 건…, 저기 저 달나라로 옮겨가는 거야."

"그럼 우리 아빠도 저기로 갔어요?"

"응. 아빠는 저기서 네가 잘 크고 있는지… 지켜보실 거야."

아이는 여전히 슬픈 눈빛이었지만, 그래도 '아빠가 자신을 지켜보고 있다.'는 말에 조금은 안심하는 듯했다. 우진과 아이는 잠시 말없이 함께 하늘을 올려다보았다. 하얀 달은 마치 그곳에 정말 천국이라도 있는 듯, 티 없이 맑고 환한 빛을 연신 흩뿌리고 있었다.

응급실 일이 마무리된 뒤, 우진과 유라는 병원 주변을 천천히 걸으며 잠시 숨을 돌렸다. 그때, 아이의 친척 하나가 응급실에서 나오다 우진에게 감사의 인사를 전했다.

"선생님, 고맙습니다. 저희가 경황이 없어서… 아이를 챙기지 못했는데…."

"아니에요. 충격이 크셨을 테니…."

아이의 친척이 병원 안으로 다시 들어가고, 우진은 옆에 서 있던 유라의 표정을 살폈다. 그녀의 눈빛에는 슬픔이 고스란히 배어 있었다.

"아까, 응급실에서 무슨 일 있었어?"

그 말을 듣는 순간, 유라의 눈가에는 아예 눈물이 맺혔다. 그녀는 나지막하게 말했다.

"잠깐만 있어."

유라는 고개를 숙인 채 우진의 어깨에 이마를 기대고 흐느꼈다. 힘들었다. 의사라 해도, 이런 죽음을 마주할 때마다 마음이 무너진다.

게다가 이렇게 한 번 무너진 마음은 쉽게 단단해지지 않았고, 계속 깊은 상흔을 남겼다. 아무리 강해 보이는 그녀라도 이런 일들을 겪다 보면 마음이 지칠 수밖에 없는 것이다.

우진은 유라가 그런 모습을 보이는 게 낯설어 잠시 놀랐지만, 이내 조용히 그녀를 부드럽게 감싸 안았다.

유라는 우진의 품에서 잠시 울다가, 화장실로 들어가 얼굴을 씻고 나왔다. 그리고는 아무 일 없었다는 듯 미소를 지으며 말했다.

"아깐 정말 고마웠어."

우진은 조용히 그녀를 바라보며 물었다.

"아까, 무슨 일 있었던 거야?"

"처음에는 자살 사건이라 생각했어. 그래서 치료를 중단하자고 설득했는데…, BVS로 확인을 해보니 사고였더라고."

우진이 고개를 끄덕였다.

"BVS가 있어서 다행이네. 예전 같았으면 자살로 오해하는 일도 많았겠어."

"그랬겠지. 그런데 아이가 갑자기 죽음에 대해 물어보는데…, 정말 당황했어."

우진은 장난스럽게 웃으며 말했다.

"오~ 올(all) 에이(A)가 모르는 게 있고… 어쩐 일이야."

우진이 유라의 학창 시절 별명을 부르자 유라도 당시의 기억들이 떠오르는지 슬며시 미소를 지었다.

"우리 시험 전날 밤에, 운동장에 나와서 달빛 보며 공부했던 거 기억나?"

"기억나지. 그날 마신 맥주 상표까지 기억난다니까. 난 시험 망쳤는데… 넌 일등 했잖아."

"오랜만에 달을 보니… 그날 생각이 나네."

"그러게."

둘은 한참 동안 아무 말 없이 밤하늘의 달을 올려다보며 걸었다. 그러다 유라가 불현듯 우진에게 물었다.

"오늘이 음력 며칠이야?"

우진이 웃으면서 되물었다.

"넌 며칠 같은데?"

"보름달이니까… 15일 아닐까?"

우진이 고개를 저었다.

"아니야. 저건 아직 완전한 보름달이 아니야. 아마 14일일 걸?"

유라가 휴대전화 달력을 확인해보더니 웃음을 터뜨렸다.

"하하, 잘 맞추네. 넌 학생 때도 맨날 달만 보고 다녔어. 좋아. 오늘 고마웠으니까 내가 미비차트 정리하는 거 도와줄게."

"정말?"

미비차트 정리 때문에 며칠째 제대로 잠도 못 자던 우진에게 유라가 도와주겠다는 건 물론 반가운 일이지만, 무엇보다 함께 긴 밤을 보낼 수 있다는 사실이 우진은 더 기뻤다. 게다가 결혼을 앞두고도 삶과 죽음의 경계를 넘나드는 힘든 과를 선택한 탓에 제대로 된 데이트조차 하기 어려웠던 두 사람에게, 가까이서 확인할 수 있는 서로의 존재는 그 자체로 언제나 가장 소중한 위로였다.

한밤중, 두 사람이 함께 서류를 정리하는 의국의 불빛은 마치 밤하늘의 달빛처럼 환하게 빛나고 있었다.

뒷이야기 ——∧⋀⋀————————

다음날, 중환자실 수간호사가 조심스러운 목소리로 우진을 불렀다.

"선생님, 잠깐 좀 봬요."

낮지만 단호한, 지나치게 사무적인 그녀의 말투 때문인지 우진은 문득 불길한 예감이 들었다.

"왜 그러시죠?"

수간호사는 잠시 머뭇거리더니 어렵게 입을 열었다.

"저번에… 그 오랫동안 저혈압 상태로 계시다가 돌아가신 할아버지 기억하시죠? 6.25 전쟁에 참전하셨다는….."

우진은 고개를 끄덕이며 대답했다.

"네, 기억하죠."

수간호사는 더욱 조심스럽게 말을 이었다.

"사실… 제가 그때 뭘 잘못 본 건지 모르겠는데…. 서유라 선생님이 그 할아버지 수액에 뭔가를 주사하는 걸 봤거든요. 근데 그게…, 베타-블로커(β-blocker)였던 것 같아서요."

우진이 눈을 크게 뜨며 되물었다.

"네? 무슨 말씀이세요? 혈압 떨어지는 사람한테 베타-블로커를? 그건 살인이나… 다름없는데…."

"저도 그래서… 약품을 확인해 봤는데, 실제로 베타-블로커 앰플 몇 개가 장부에 적힌 숫자보다 적더라고요. 선생님이 한번… 알아봐 주실 수 있을까요?"

"진짜 확실해요?"

"베타-블로커가 그다지 엄격하게 관리되는 약은 아니라서… 100퍼센트 확신할 순 없어요."

우진은 사태가 심상치 않음을 직감했다.

"일단 제가 확인해볼게요. 다른 사람들한테는 일단… 비밀로 해주세요."

우진은 우선 중환자실 CCTV를 확인해야 했다. 하지만 마땅한 명분 없이는 CCTV를 열람할 수 없었다. 하는 수 없이 무작정 전산실로 가서 안면이 있던 직원에게 몰래 보여 달라고 사정하고 부탁했다.

"정말 중요해서 그래요. 환자 목숨과 관련이 있어요."

전산실 직원은 눈살을 찌푸리며 물었다.

"언제 건데요? 근데 그런 이유로 신청하면 정식 허가가 나올 텐데요."

"급해서 그래요. 한 달 전 거예요."

직원은 의아해하며 우진을 바라보았다.

"선생님, 정말 급한 거 맞아요?"

"네, 정말 급해서 그래요. 부탁드려요."

전산실 직원은 잠시 망설이더니 결국 CCTV 영상을 보여주었다. 화면에는 환자의 보호자들이 병실을 나간 사이, 유라가 조용히 환자에게 다가가 수액에 무언가를 주사하는 모습이 담겨 있었다. 얼마 지나지 않아 노인의 심장이 멈추었는데, 유라는 다소 무표정한 얼굴로 그 과정을 가만히 지켜보고만 있었다.

우진은 충격을 받아 한동안 말을 잇지 못했다. 옆에 있던 전산실 직원이 무슨 일이냐고 물었지만, 우진은 아무런 대답도 하지 못한 채 전산실을 나왔다. 그의 머리는 복잡했다. 평소 자신이 알고 사랑했던 유라의 모습과 지금 CCTV 화면에서 본 그녀의 모습이 너무나도 달랐다. 사람의 생명을 구해야 할 의사가 오히려 환자를 죽이다니, 이 상황은 명백한 범죄였다.

그렇다고 당장 경찰에 신고할 수도 없었다. 우선 직접 유라를 만나 진실을 확인해야겠다는 생각뿐이었다.

그날 밤, 당직실.

"나 CCTV 영상 다 봤어."

우진은 당직실에 홀로 앉아 있는 유라에게 다가가 다짜고짜 말을 꺼냈다.

"무슨 CCTV?"

유라는 눈살을 찌푸리며 물었다.

"네가 6.25 참전하신 그 할아버지 환자 수액에 뭔가를 주사하는 영상…."

유라는 순간 당황했지만, 곧 다시 정색을 하며 대답했다.

"맞아, 내가 했어."

우진은 믿기지 않는다는 듯한 눈빛으로 그녀를 바라보았다.

"너…. 그걸 말이라고 해? 어떻게 그럴 수가 있어? 그거 진짜 베타-블로커였어?"

유라는 한숨을 쉬며 답했다.

"너도 보호자들이 하던 말 들었잖아. 제발 할아버지 편히 가시게 해달라고, 몇 번이나 부탁했어. 가망도 없는데… 더 이상 비싼 병원비를 감당할 수 없다고…, 할아버지를 고통스럽게 만드는 것 같다고 울면서 부탁했잖아!"

우진은 흔들리는 목소리로 힘겹게 대꾸했다.

"그래도… 이건 살인이야."

하지만 유라는 여전히 단호한 태도였다.

"살인이라고? 이건 내가 6.25 참전 용사인 그 할아버지께 해드릴 수 있는 최선의 존경이자 예우였다고 생각해. 고통을 줄여드리고, 가족들에게는 더 큰 짐을 지우지 않게 하는 거야. 할아버지도 더 이상 고통스럽게 연명하지 않길 바라셨을 거야."

우진은 고개를 저으며 말했다.

"그렇다고 해도, 우리가 누군가의 죽음을 결정할 권한은 없어. 우리가 아니라 환자나 보호자들이 결정하게 하려고, 의미 없는 연명치료를 중단한다는 DNR 동의서도 일일이 받는 거잖아. 더 이상의 치료를 하지 않는 것과 약을 투입해서 환자를 죽이는 건 완전히 달라."

유라는 조금 흔들리는 목소리로 항변했다.

"도대체 왜 이런 애매하고 불분명한 기준 때문에, 가족들이 계속 불필요한 비용을 감당해야 하지? 할아버지의 생명을 며칠 더 연장하는 게 과연 옳은 일일까? 난 '할아버지가 돌아가실 때까지 다 같이 기다리자.'라는 이런 말도 안 되고 위선적인 태도를… 더 이상 참을 수가 없어. 사실 보호자들 모두 마음속으로는 '할아버지가 빨리 돌아가셨으면 좋겠다.'라고 바라면서, 동시에 그로 인한 죄책감과 슬픔에 시달리고 있었으니까."

"…."

우진은 아무 말 없이 유라를 바라보았다. 그러자 유라는 고개를 떨구며 눈물을 보였다.

"나도 처음엔… 말도 안 된다고 생각했어. 그런데 예전에 어떤 환자 때문에… 가족이 병원비 문제로 이혼까지 했어. 게다가 지금은… BVS도 있잖아. BVS 덕분에… 의사들은 환자의 상황을 더 정확히 알 수 있게 됐어. 그러니까 더 합리적인 판단을 할 수 있게 된 거야."

우진은 깜짝 놀란 표정으로 유라를 쳐다보았다.

"너…. 이번이 처음이 아니구나? 몇 명이나 그랬는데?"

유라는 조금 망설인 뒤에 겨우 입을 열어 대답했다.

"그건… 말하지 않을 거야!"

우진은 혼란스러운 마음으로 유라의 얼굴을 바라보았다. 분명 그녀는 이 일이 옳다고 확신하고 있었다. 유라의 눈물에 우진의 마음도 약해졌다.

"사실, 나도 뭐가 옳은지는 잘 모르겠어. 그렇지만 의사는 환자의 삶과 죽음을 직접 결정해선 안 돼. 삶과 죽음 사이에 개입하는 건 우리 영역이 아니야."

그러자 유라가 다시 목소리를 가다듬으며 항변했다.

"아니! 의사야말로 환자의 삶과 죽음에 개입할 수 있어. 환자가 가망이 없다면… 빠르고 정확한 판단을 내려 보호자의 고통을 최소한으로 줄여주는 것도 의사의 일이야."

우진은 유라의 말에 반박할 말을 찾지 못하고 침묵했다.

잠시 후 유라가 다시 물었다.

"신고할 거야?"

"아니…. 내가 어떻게 그래…."

유라는 자리에서 일어나 당직실 문의 문고리를 잡더니 돌아서서 말했다.

"그럼 그냥 못 본 척해줬으면 좋겠어. 난 이게 옳다고 확신해. 사회의 법이 현실을 따라가지 못한다고 해서… 사람들이 고통받아야 한다고는 생각하지 않아."

그리고는 당직실 문을 열고 밖으로 나가버렸다. 그녀의 뒷모습을 바라보는 우진의 마음은 무거웠다. 그 역시 어떻게 이 상황을 해결해야 좋을지 알 수 없었다. 머릿속이 복잡하고 생각들이 뒤엉켜 있었다.

며칠 후, 우진은 유라의 원룸을 찾았다. 유라는 말없이 문을 열어주었고, 둘은 차가운 맥주 캔을 하나씩 나눠 들고 마주 앉았다.

"그래서… 기준이 뭐야?"

우진이 먼저 입을 열었다. 유라는 잠시 침묵하다가 차분히 말했다.

"기준은 명확해. 환자 본인이나 친 보호자들이 모두 원해야 하고… 소생 가능성이 거의 없거나… 소생하더라도 의식 없이 지낼 가능성이 클 때야."

우진은 고개를 갸웃하며 물었다.

"그게 명확하다고? 친 보호자가 아니더라도… 환자가 살기를 원하는 사람이 있을 수 있잖아."

"친 보호자가 아닌데, 그런 사람의 바람이 무슨 의미가 있어?"

"소생 가능성이 희박하다는 것도… 굉장히 주관적이야."

유라는 망설임 없이 대답했다.

"그걸 우리가 잘 판단해야지. 의사로서 환자의 상태를 가장 잘 알고 있으니까. BVS의 도움을 받을 수도 있고."

우진은 잠시 침묵했다. 그리고 조용히 물었다.

"그런데, 유라야. 꼭 이렇게 해야 해? 왜?"

유라는 맥주 캔을 내려놓고 그의 눈을 바라보았다.

"나는…, 더는 못 보고 있겠어. 환자나 보호자들이… 이런 이유로 고통받는 모습을 지켜보는 게… 너무 괴로워. 만약 내가 실망스러워졌다면, 그래서 파혼이라도 하겠다면, 나는 괜찮아. 내가 미안해."

우진은 깜짝 놀라며 그녀의 손을 잡았다.

"무슨 말이야, 파혼이라니? 그런 말 하지 마…. 이건 살인이랑은 다르잖아. 나는 널 이해할 수 있어. 하지만…, 이건 너무 극단적인 방법이야. 만약 다음에 또 이런 일이 생기면… 제발 나하고 먼저 상의해 줬으면 좋겠어."

유라는 한동안 침묵하다가 고개를 끄덕이며 작게 대답했다.

"좋아. 만약에 다음에도 그런 상황이 온다면… 꼭 너에게 말할게. 너도 이해해 줄 거라고 믿어."

우진은 고개를 끄덕이면서도 속으로 결심했다. 유라가 이런 일을 다시 반복하지 못하도록, 반드시 막아야 한다고. 계속 이런 식이라면 그녀가 무사할 리가 없다.

유라의 작은 방.

두 사람은 서로 다른 생각을 하고 있었지만, 여전히 서로의 손만은 꼭 붙잡고 있었다.

CASE 07

보호자와 상속인

보호자와 상속인

추운 겨울의 늦은 밤, 하얀 입김을 내뿜으며 어둠 속을 달려온 구급차가 응급실 앞에 멈춰 섰다. 33세의 남성 유성민이 아파트 베란다에서 갑자기 의식을 잃은 채 쓰러져 실려 왔다. 응급실 문이 열리자마자 요란한 소음과 함께 환자가 들어왔고, 먼저 연락을 받고 준비 중이던 우진이 곧장 환자의 상태를 확인했다. 그 옆에서는 한 여성이 정신없이 울고 있었다.

"혹시… 환자분 보호자신가요?"

우진이 조심스럽게 묻자, 흐느끼던 여자는 떨리는 목소리로 대답했다.

"네? 네. 제가 아내예요."

"남편분, 언제 어떻게 쓰러지셨어요?"

우진은 환자의 상태와 원인을 파악하기 위해 기본적인 질문부터 던졌다.

"네…?"

그런데 보호자인 환자의 아내는 여전히 정신이 나간 듯 대답을 머뭇거렸다. 우진은 우선 환자가 외상 때문에 그렇게 된 것인지 아니면 다른 이유가 있는지 확인해야 했다.

"남편분이 왜 쓰러졌는지 알려주셔야 해요."

보호자는 그제야 질문의 중요성을 깨달았는지 갑자기 정신을 차린 듯 떨리는 목소리로 입을 열었다

"저랑… 잠자리를… 하고 나서 그랬어요."

예상치 못한 답변에 당황스러웠지만, 우진은 침착함을 유지하며 환자를 살폈다. 그는 조용히 고개를 끄덕이며 대답했다.

"네. 제가 체크해 보겠습니다."

그러나 보호자는 우진이 대답을 제대로 듣지 못했다고 생각했는지, 절박한 표정으로 그의 팔을 붙잡았다. 그리고는 다급하게 외치기 시작했다.

"선생님. 섹스하고 나서 갑자기 쓰러졌어요. 제발 살려주세요. 갑자기 쓰러졌어요. 섹스하고 나서."

우진은 얼굴이 붉어졌지만, 애써 부끄러움을 감추며 그녀를 진정시켰다.

"네. 알겠습니다. 나머지는 저희가 알아보겠습니다."

우진은 환자를 신속하게 살피고 뇌 CT 촬영을 지시했다. 검사결과, 유성민 환자의 뇌에는 지주막하 출혈이 가득 차 있었다. 이는 큰 동맥에서 동맥류 파열로 인해 발생한 출혈로, 환자의 머리뼈를 열어 동맥류를 클립으로 막는 수술이 급하게 필요하다는 의미였다.

우진은 수술 진행을 위해 수석 레지던트인 박찬영에게 곧바로 전화

를 걸었다.

신호가 가자마자 박찬영이 전화를 받았다.

"왜?"

"선생님 SAH (뇌 지주막하출혈) 환자입니다. 33세 남자 환자인데…, 그…, 거시기를… 하다가 갑자기… 의식불명이 있었다고 합니다."

주변에 간호사들이 있어 우진은 차마 '섹스'라는 말을 입에 올리기가 민망했다. 적당한 다른 단어를 찾아보려 했지만, 그 순간 머리가 하얗게 비어버렸다.

"뭔 소리야? 뭘 하다가?"

"네, 그…, 복상사로…."

"뭐, 복상사? 환자가 죽었다는 거야?"

"아니… 그건 아니고 의식불명 상태로…."

"야! 그럼 그냥 '성관계'라고 하면 되잖아, 새끼야! 정우진, 너 똑바로 안 해?"

"…."

"먹고 있는 약은?"

박찬영의 호통에 당황한 우진은 서둘러 차트를 살펴보았으나, 과거력 칸과 복용약물 칸은 텅 빈 상태였다.

"저…, 확인해보겠습니다."

"야! 이런… 미친…."

박찬영의 목소리가 전화기 너머로 응급실 전체에 메아리쳤다.

"너 요즘 뭐 하는 새끼야? 정신 똑바로 안 차려? 수술 준비하고 있어. 내려가서 보자."

뚜뚜.

정신이 반쯤 나간 우진은 가까스로 마음을 다잡고 환자 보호자에게 뇌 CT를 보여주며 천천히 설명을 시작했다.

"여기 보시면… 이게 뇌예요. 그리고 안에 하얗게 보이는 게… 이게 뇌출혈입니다. 출혈이 전반적으로 퍼져 있어요."

"네."

보호자는 우진의 설명을 한 마디도 놓치지 않으려는 듯 정신을 집중하고 있었지만, 하얗게 번진 출혈 사진을 보는 그녀의 눈빛은 몹시 흔들리고 있었다. 정신이 어딘가로 빠져나가고 머릿속이 텅 비는 듯한 아득함이 밀려오고 있을 터였다. 우진은 계속해서 환자의 뇌 사진을 손가락으로 가리키며 설명을 이어갔다.

"출혈이 발생하면서 뇌를 압박하고 있습니다. 그래서 동공이 커지고, 의식을 잃은 겁니다. 지금 문제는 이 동맥을 보시면…, 여기 꽈리처럼 불룩하게 튀어나온 부분이 터졌어요."

"아이고, 왜 이런 일이…. 흑흑."

여인은 끝내 소리 내어 흐느끼기 시작했다. 우진은 한숨을 삼키며 설명을 이어갔다.

"그래서 지금 당장 수술 들어가서 이 혈관을 막아야 합니다. 출혈이 더 이상 진행되지 않게 해야 합니다."

"수술하면 살 수 있나요?"

우진은 잠시 머뭇거렸다.

"현재 환자분 상태가 좋지 않아서… 수술 후 경과를 지켜봐야겠지만, 최선을 다해보겠습니다."

"아…."

여인은 결국 다리에 힘이 풀려 바닥에 주저앉고 말았다. 그녀는 고개를 떨군 채 바닥을 바라보다가 참았던 울음을 다시 터뜨렸다.

"뇌출혈이면… 죽거나…, 살아도… 후유증이 남겠죠?"

"저희가 최선을 다할 테니, 먼저 경과를 지켜보시죠. 너무 앞서서 걱정하지 마시고."

"네, 제발 최선을 다해주세요. 저는… 저 사람, 이렇게 보낼 수 없어요."

전처와 미래 와이프 ──────∿/\/∿────────

그때 멀리서 박찬영과 유라의 발소리가 급하게 가까워지고 있었다.

"보호자 오시라고 해! 2년차는 혈압 체크해서 수술실 올려! 1년차는 이따 보자, 알았냐?"

박찬영이 스테이션에서 수술 절차를 간단히 설명했지만, 보호자인 여인의 귀에는 더 이상 아무것도 들리지 않는 모양이었다. 그저 멍한 상태로 고개만 끄덕일 뿐이었다.

"아내분! 제일 중요한 게 수술입니다. 사망 가능성도 매우 크니…,

정신 차리시고 다른 가족들에게도 얼른 연락하세요!"

그제야 여인은 갑자기 정신이 드는 표정이었다.

"다른… 가족들…."

그녀가 무언가 말하려고 했지만, 박찬영은 수술동의서에 서명을 받은 후 곧바로 유성민의 침대를 끌고 수술실로 들어갔다. 수술동의서에 기록된 그녀의 이름은 김윤아였다.

환자가 수술실 안으로 들어간 뒤, 그의 아내 김윤아는 그제야 눈물을 닦고 휴대전화를 꺼내 들었다. 자기 전화기가 아니라 남편의 것이었다. 그러고도 한참을 망설인 뒤에야 그녀는 전화번호 하나를 찾아 힘겹게 버튼을 눌렀다. 남편의 휴대전화에는 '형님'이라고 찍혀 있었다. 신호가 두어 번 가자 상대가 전화를 받았다.

"어! 무슨 일이냐?"

상대는 동생의 연락이 몹시 당황스럽고 불쾌하다는 듯 전화를 받았고, 김윤아는 애써 울음을 삼키며 말을 이어갔다.

"안녕하세요? 아주버님, 저 성민 씨 와이프예요."

"제수씨? 연락 안 한 지… 1년도 넘은 거 같은데…, 갑자기 무슨 일로?"

김윤아는 끝내 울음을 참지 못했다.

"흑흑…. 성민 씨가 뇌출혈로 쓰러졌어요. 수술실에 들어갔는데… 죽을지도 모른대요. 흑."

잠시 침묵이 흐른 후, 형이라는 사람이 전화기 너머에서 물었다.

"어딘데요?"

"시온대학병원이에요."

"네, 알겠어요. 저는 지금 바빠서 못 가니까, 동생들한테 연락해 둘 게요."

딸깍!

"네? 여보세요? 아주버님…."

통화가 끊겼고, 김윤아는 대기실 의자에 앉은 채 깊이 고개를 떨구 었다. 그녀의 눈에서는 눈물이 주체할 수 없이 흘러내렸고, 시간은 슬 픔 속에서 길을 잃은 듯 흘러갔다.

얼마나 시간이 흘렀을까. 김윤아가 두려움에 떨며 끝없는 눈물을 흘리고 있을 때, 갑자기 수술실 문이 벌컥 열렸다. 녹색 수술복에 마 스크를 쓴 신경외과 교수 김승태가 천천히 걸어 나왔다. 그의 눈빛은 차분하지만 무겁게 가라앉아 있었다.

"유성민 환자 부인이시죠?"

김윤아는 눈물을 훔치며 힘겹게 대답했다.

"네."

김승태 교수는 조심스럽게 말을 이어갔다.

"수술은 잘 끝났습니다만, 환자분이 처음 오셨을 때부터 상태가 워 낙 좋지 않아서… 앞으로 경과를 지켜봐야 할 것 같습니다. 지금은 혈 관을 클립으로 막아놨습니다. 하지만 이미 뇌 손상이 어느 정도 진행 됐을 가능성이 있고, 이후 혈관 연축이나 수두증 같은 합병증이 생길

가능성도 있습니다. 아직 안심하기엔 좀….”

김윤아는 느릿느릿한 김 교수의 말이 답답하다는 듯 끝까지 듣지 못하고 끼어들었다.

“남편은 곧 나오나요?”

김승태 교수는 잠시 말을 멈추고 고개를 끄덕였다.

“네, 곧 나오실 겁니다. 수술 후에 CT를 찍고 다시 자세히 설명해 드리겠습니다.”

그녀는 여전히 불안한 표정에 떨리는 목소리로 조심스럽게 물었다.

“살 수… 있을까요?”

김 교수는 한숨을 쉬듯 무겁게 대답했다.

“그건 저희가 아직 명확히 답변드릴 수가 없습니다만, 솔직히 말씀 드리면…, 처음 오셨을 때 상태가 워낙 좋지 않아서… 소생 가능성이 그리 크다고는 말씀드리기가….”

그 말에 김윤아는 마음이 다시 무너지는 듯 크게 울음을 터뜨렸다. 하지만 김윤아의 모습에도 김승태 교수의 얼굴은 별다른 변화가 없었고, 계속해서 말을 이어갔다.

“보호자분! 수술은 잘 끝났으니 희망을 가져보시죠. 앞으로 환자분이 잘 버티시면… 기적이 일어날 수도 있습니다.”

김윤아가 흐르는 눈물을 손등으로 닦으며 그에게 물었다.

“앞으로… 뭘 어떻게 해야 하나요?”

“일단은 기다리셔야 합니다. 경과에 따라 치료 방향을 결정할 때 다른 보호자들과 상의도 하셔야 하고요.”

"다른 보호자들…."

김윤아는 되새기기라도 하려는 듯 김 교수의 말을 따라 했다.

"네. 부인께서 제일 가까운 보호자긴 하지만, 환자분의 형제나 부모님도 중요한 보호자기 때문에…."

김승태 교수가 거기까지 설명했을 때 김윤아가 의외의 얘기를 꺼냈다.

"저…, 드릴 말씀이 좀 있는데…."

김 교수는 고개를 끄덕이며 그녀의 말을 기다렸다.

"네, 말씀하세요."

"저희 아주버님께 전화 한 번 해주실 수 있나요?"

김 교수는 그녀의 말을 환자의 형제들에게 상황을 잘 설명해달라는 요청으로 들은 모양인지 이렇게 대답했다.

"네, 저희 전공의들이 전화할 겁니다. 또 설명 필요하신 분들 다 오시라고 하세요. 그때 자세히 설명해 드리겠습니다."

그러자 김윤아가 다시 입을 열었다.

"실은… 그게, 제가 연락을 했는데… 그냥 끊으셔서. 사실 저희… 지금은 이혼한 상태거든요."

순간 김승태 교수의 표정이 갑자기 굳어졌고, 목소리도 흔들리며 빨라졌다.

"네? 이혼을… 하셨다고요? 그럼 지금 친 보호자가 아니란 말씀이세요?"

김윤아는 절박한 얼굴로 대답했다.

"네. 하지만 내일 다시 혼인신고를 할 참이었어요. 정말이에요."

당황함 김 교수는 제대로 말을 잇지 못했다.

"그게… 무슨 말도 안 되는…. 아니 이미 수술을 했는데, 정말…, 어… 일단… 알겠습니다."

김 교수는 당황한 표정을 감추지 못하고 고개를 저으며 빠르게 자리를 떠났다. 김윤아는 수술실 앞 의자에 앉아 다시 눈물을 쏟기 시작했다. 그녀의 눈물 속에는 남편에 대한 사랑과 후회, 그리고 불확실한 미래에 대한 두려움이 섞여 있을 터였다.

곧이어 수술실 문이 다시 열리며 수술복 차림의 박찬영이 급히 나왔다. 그의 표정에는 혼란과 놀라움이 잔뜩 서려 있었다.

"저기, 보호자분! 지금 환자의 부인이 아니시라구요?"

김윤아는 힘겹게 고개를 끄덕였다.

"아, 저… 부인은… 맞는데…, 사실 지금은… 이혼한 상태예요."

박찬영은 당황스러운 표정으로 그녀를 바라보았다.

"이거 큰일이네요. 저희는 부인이라고 해서 동의를 받고 수술을 진행한 건데…, 이혼하셨으면 아내가 아니잖아요."

김윤아는 고개를 숙였다.

"죄송합니다. 제가 경황도 없고…, 혹시라도 보호자가 없으면… 수술을 못 받을까 봐서…."

박찬영이 한숨을 쉬며 말했다.

"아니 무슨…. 우리는 보호자 동의도 없이 목숨이 왔다 갔다 하는 수술을 한 거잖아요. 우선 다른 보호자들, 진짜 보호자들 전화번호 저희에게 주세요. 저희가 직접 연락할게요."

김윤아는 고개를 끄덕이며 환자 형님의 전화번호를 메모지에 적어 박찬영에게 넘겨주었다.

수술 후, 우진은 김윤아에게 뇌 CT와 환자의 상태를 설명하고 나서 저간의 사정을 따져 물었다. 박찬영에게 야단맞을 생각이 들자 그녀가 불쌍하면서도 고운 말이 나오지를 않았다.

"아니, 도대체 무슨 생각으로 그러신 거예요?"

김윤아는 고개를 숙이고 눈물 섞인 목소리로 대답했다.

"제가 이혼했다고 하면 수술을 안 해줄까 봐 그랬어요. 그리고 정말로 내일 다시 혼인신고를 하려고 했단 말이에요."

그녀의 눈에서 굵은 눈물방울이 다시 떨어졌다. 우진은 정확한 사정을 알 수는 없었지만, 그녀의 떨리는 어깨와 쉴새 없이 떨어지는 눈물을 보고 더 이상의 추궁은 단념하기로 했다.

그날 밤, 당직실에서 우진은 박찬영에게 한참을 깨졌다. 화가 잔뜩난 박찬영의 목소리가 한참이나 방 안을 울리더니 마지막에는 문을 박차며 외쳤다.

"유성민 환자 진짜 보호자한테 네가 직접 전화해서… 똑바로 설명하고, 동의서 받아놔! 알겠어?"

우진은 울상이 된 채 신경외과 중환자실로 터벅터벅 걸어갔다. 중환자실 앞에서 김윤아는 여전히 세상이 무너진 듯 울고 있었고, 간호사 하나가 그런 김윤아를 옆에서 진정시키려 애쓰고 있었다. 그 모습을 지켜보고 있노라니 우진은 한숨부터 나왔다. 그는 힘없이 다가가 김윤아에게 물었다.

"환자의 친 보호자로 누구누구가 계시죠?"

김윤아는 힘겹게 입을 열었다.

"형제들 넷이 있어요. 형님 한 분과 누나 셋."

"부모님들은 안 계세요?"

"네. 두 분 다 얼마 전에 돌아가셨어요."

잠시 후, 우진은 휴대전화를 꺼내 메모지에 적힌 환자 형님의 번호를 눌러나갔다. 전화기 너머에서 울리는 신호음이 길게 이어지더니 마침내 중년 사내의 목소리가 들려왔다.

"네! 가이아전자 유성천입니다."

"네, 여기 시온대학병원 신경외과입니다. 동생분 때문에 연락드렸습니다."

그러자 상대방의 목소리가 갑자기 차갑게 변했다.

"네, 제수씨한테 연락받았습니다. 동생들이 오늘은 못 간다고 하니, 아마 내일쯤 갈 겁니다. 저는 바쁘니까… 다시는 저한테 전화하지 마세요."

딸깍.

"네?"

순식간에 전화가 끊기자 멍한 표정의 우진이 다시 전화를 걸었다.

그러나 신호음만 울릴 뿐 상대는 받지 않았다.

뚜 뚜.

"하, 이건 또 뭐야? 정말….."

할 말을 잃은 우진은 다시 김윤아에게 다가갔다.

"저기, 이분 친형님 맞아요? 전화를 끊어버리던데."

김윤아는 울먹이며 고개를 끄덕였다.

"네, 그러실 거예요. 흑흑. 그래도 선생님, 꼭 최선을 다해서 살려주세요. 저 사람 없으면… 저는 정말 못 살아요."

그녀의 간절한 눈물 속에는 절망감이 짙게 배어 있었다. 우진은 한숨을 내쉬며 잠시 병원 천장을 바라보았다. 끝없이 이어지는 무겁고 고된 하루에 그 역시 지칠 대로 지쳐가고 있었다. 그는 나지막이 중얼거렸다.

"보호자들한테 수술동의서 받아야 하는데….."

최근 유라와의 문제로 이미 지쳐 있는 우진에게, 이날 하루는 한없이 길고 끝없이 힘든 날이었다.

다음날, 유성민의 동공은 정상으로 돌아왔지만 여전히 의식은 그대로 혼수상태에 빠져 있었다. 중환자실 앞에서 김윤아는 밤새 흐르는 눈물로 차가운 병원 바닥을 적셨다. 그날 오기로 했던 다른 보호자들은 나타나지 않았고, 수술동의서를 받아둬야 하는 우진의 마음은 점점 더 초조해져 갔다.

그러다 결국 수술 이틀째 되던 날 사건이 터졌다.

"코드블루! NICU! 코드블루! NICU!"

코드블루는 심폐소생술을 해야 하는 긴급상황이라는 뜻이고, NICU는 신경계 중환자실을 의미하는 것이었다.

다급한 방송이 울려 퍼지자 병원 안은 순식간에 어수선해졌고, 신경외과 중환자실로 달려가는 의료진의 발소리만 쿵쾅쿵쾅 복도를 울렸다. 중환자실 앞에 있던 김윤아의 눈에도 이내 공포의 그림자가 밀려왔다. 하지만 그녀는 그저 발만 동동 구르며 중환자실 문 너머의 소란을 눈물로 지켜볼 수밖에 없었다.

약 5분 동안 이어진 심폐소생술 끝에 가까스로 유성민 환자의 맥박이 돌아왔다. 유라는 중환자실 밖에서 기다리던 김윤아를 불렀고, 놀란 그녀에게 다가가 방금 전 상황을 조심스럽게 설명했다.

"방금 유성민 환자 혈압이 급격히 떨어져서 심폐소생술을 했어요. 다행히 맥박은 돌아왔지만, 혈압이 여전히 불안정해 아직 위험합니다. 다시 또 혈압이 떨어질 가능성이 있어서… 좀 더 지켜봐야 합니다."

김윤아는 떨리는 목소리로 겨우 입을 열었다.

"저 사람… 살 수 있을까요?"

"지금은 강심제가 효과를 보고 있어요. 강심제로 버티고 있는 건데, 약의 효과가 떨어지기 시작하면 상황이 나빠질 수도 있습니다."

다시 눈물이 터져 나온 김윤아의 얼굴에 절망의 빛이 어렸다.

"안 돼요, 흑흑. 꼭 좀 살려 주세요. 저이가 이대로 가면 안 돼요."

"네, 저희가 최선을 다해볼게요."

"여보! 제발 일어나. 제발…. 한 번만."

김윤아는 눈물을 흘리며 간절히 기도했다. 유라 역시 그 곁에서 차마 위로의 말을 찾지 못한 채 그녀의 기도를 지켜보고만 있었다.

형제들 ───∧╱\╱──────────

한편, 우진은 보호자와 연락이 되지 않아 온종일 답답하기만 했다. 그러다가 오후가 되어서야 중환자실 간호사가 우진에게 큰소리로 소식을 전해왔다.

"선생님! 유성민 환자 보호자들 오셨어요."

우진은 짧은 한숨을 내쉬며 말했다.

"하… 이제야 오셨군. 안으로 안내해 주세요."

그의 목소리에는 은근히 화가 스며 있었다. 동생이 죽음의 문턱에서 있다는데도 이렇게 늦게 오다니, 마음속에 분노가 치밀었다.

중환자실 문이 열리고, 뚱뚱한 여자 셋이 쉴 새 없이 떠들면서 나타났다. 그들은 밝고 화려한 옷차림에 큼지막한 보석과 명품 가방으로 치장한 모습이었다. 중환자실의 무거운 공기따위 자기들은 알 바

아니라는 듯 그녀들은 두꺼운 다리로 병원 바닥을 쿵쿵 울리면서 걸었다.

"내 동생 어딨어?"
"담당 주치의 누구야?"
"얼마나 안 좋은 거야?"

환자의 누나들은 우진을 보자마자 연신 질문을 퍼부었다. 우진은 손짓으로 그들을 진정시키며 천천히 입을 열었다.
"일단 진정하시고…, 제가 자세히 설명해드릴 테니 이쪽으로 오시죠."
우진은 환자의 누나들이라는 세 여자에게 그동안의 치료 상황과 환자의 현재 상태를 차근차근 설명했다. 이어서 김윤아에게 수술동의서를 받긴 했지만, 형제들의 동의서도 필요하다는 말을 꺼냈다. 그러자 누나라는 여인 중의 하나가 의아하다는 표정으로 되물었다.
"마누라가 사인하면 되지…, 뭐하러 우리까지?"
우진은 하고 싶지 않았던, 그러나 할 수밖에 없는 말을 꺼냈다.
"김윤아 씨와 유성민 환자가 현재 이혼상태라…."
그러자 놀라운 소식을 듣기라도 한 것처럼 다들 입이 벌어졌다. 두 사람의 이혼을 이들은 모르고 있는 모양이었다.

"뭐, 이혼? 정말? 이게 무슨 일이야. 성민이, 저 여자 때문에 집까지

나가서 살았잖아."

"가만있어 봐 언니. 그럼 성민이 유산, 이제 우리가 받는 거 아니야?"

"정말? 그러네. 상속 1순위인 마누라도 없고 2순위인 자식도 없고. 이제 우리밖에 없네."

갑자기 흥분한 세 누나의 목소리가 더 커졌다.

"거기 신도시 주변 땅이잖아. 지금 거의 300억은 될 텐데."

"그럼 우리 넷이 나누면, 한 사람당 얼마야?"

"아니 왜 넷이 나눠? 오빠는 따로 받은 게 있으니 우리 셋이 100억씩 나누면 되지."

"맞아. 그러네."

"밖에 있는 저 여자도… 성민이 유산 노리고 지금 저러고 있는 거 아니야?"

그녀들은 자기들끼리 떠들다가 갑자기 우진을 보고 물었다.

"의사 선생, 뭐 들은 거 없어? 저 여자 돈 때문에 저러고 있지?"

그들의 무례한 질문에 우진은 짧게 대답했다.

"저는 모르죠."

그러자 누나 중 한 명이 손을 휘저으며 말했다.

"아무튼, 알았어요. 다 알아들었으니깐, 이제 치료는 그만 하세요."

"네?"

우진은 믿을 수 없는 말을 들은 듯 그녀들을 쳐다보았다.

"아까 설명한, 혈압 높이는 약 같은 거 이제부터 전부 다 끊어요."

"네? 아직은 속단하기에 이릅니다. 나이가 젊으셔서 살 가능성도 있습니다."

"아니, 보호자가 요청하면 중단해야 하는 거 아니야? 맞고 있는 수액도 지금 다 끊어요."

우진은 깊은 한숨을 내쉬며 설명했다.

"아…, 저희가 그렇게 할 수는 없습니다. 여기 보시면, 승압제랑 심폐소생술만, 친 보호자가 거부할 수 있습니다."

그러자 누나들은 냉소적인 표정으로 대꾸했다.

"아무튼, 우린 더 이상 돈 못 내니까… 주치의가 알아서 하세요."

"우리 돈도 없어요."

"동생 치료비가 없다는 말씀이에요?"

"네, 그래요!"

그녀들의 말에 간호사들조차 황당한 표정을 감추지 못했다. 하지만 그녀들의 대화는 갈수록 가관이었다.

"언니! 기다려봐. 그리고… 여기 병문안 오는 손님들이 돈 봉투 줄 텐데, 당신이 좀 받아줘요."

"네?"

우진은 믿기 어려운 표정으로 그녀들을 쳐다보았지만, 그녀들은 태연하게 말을 이어갔다.

"손님들이 병문안 오면 돈 봉투 줄 텐데, 밖에 있는 저 여자가 마누라랍시고 대신 받을 수도 있잖아. 우리가 여기서 감시할 수가 없어서 그래."

"맞아. 그 돈도 만만치 않을 거라고."

"맞아, 맞아. 동생 똑똑하네."

그들의 대화에 우진은 말을 잇지 못했다. 무언가 잘못된 꿈이라도 꾸는 기분이었다. 그때, 근처에서 듣고 있던 유라가 걸어와 대신 대답했다.

"의사들은 그런 일 하지 않습니다. 밖에 계신 부인과 상의하세요. 그리고 DNR(심폐소생술 거부) 서명은 전체 보호자가 모두 동의해야 하니까… 상의해 보시고 결정되면 알려주세요."

"알았어. 젊은 아가씨가 맹랑하네."

"의사니깐 그렇지."

"크크크, 그렇지? 이러니깐 다들 의대 보내려고 하지."

그녀들은 뒤뚱거리며 중환자실을 나가면서도 시끄럽게 떠들었다. 그들의 웃음소리가 메아리치는 중환자실 복도는 한없이 차갑고 쓸쓸해 보였다.

신경외과 중환자실 문 앞에서 우진은 깊은 한숨을 내쉬었다. 그가 본 광경은 유성민의 세 누나가 김윤아를 둘러싸고 날 선 말들을 퍼붓는 모습이었다.

"네가 우리 동생 저 지경으로 만든 년이냐?"

"여기가 어디라고? 당장 꺼져!"

"맞아. 이혼도 했다면서… 또 뭐 뜯어먹을 게 있다고 아직도 이러고 있어?"

"언니. 나 진짜 생각할수록 속상해. 우리 성민이, 이 여자 만나서 이렇게 된 거잖아."

"그러니까. 이래서 남자는 여자를 잘 만나야 하는데… 우리 성민이만 불쌍하지, 등신 새끼."

"하여간 너 나중에 또 우리 눈에 띄기만 해봐. 확 죽여 버릴 테니까."

"언니, 무슨 그런 상스러운 소릴 해? 그냥 다리를 분지른다고 해, 언니!"

"조심해!"

세 여인은 눈에 쌍불을 켜고 김윤아를 노려보다가 쏟아낸 독설을 뒤로 한 채 유유히 사라졌다. 그들이 떠나자마자 김윤아는 다시 엎드려 흐느끼기 시작했다.

우진은 잠시 멍하니 그 모습을 바라보다가, 천천히 그녀에게 다가갔다. 그는 방금 중환자실 안에서 있었던 일과 지금의 상황을 조심스럽게 설명했다.

"누나들이 방금 유성민 환자에 대한 치료를 중단해 달라고 요청하고 갔습니다."

김윤아는 그 말을 듣고는 절박한 얼굴로 물었다.

"어떻게 안 되나요, 선생님? 돈이라면 제가 낼게요. 전부 낼 테니,

제발 끝까지 치료해 주세요."

우진은 안타까운 마음으로 고개를 저었다.

"하지만 보호자들이 치료를 거부하면, 저희도 어쩔 수가 없어요. 저
희도 안타깝지만….."

김윤아는 눈물을 쏟으며 거듭거듭 간절히 애원했다.

"선생님, 정말 방법이 없는 건가요? 흑흑, 제발요."

우진은 '그러게 왜 이혼하셨어요?'라는 말이 목까지 차올랐지만, 이
미 그녀의 슬픈 눈빛이 그 질문에 대한 답을 말해주고 있었다.

그날 저녁, 유성민의 세 누나가 다시 중환자실에 찾아와 모든 보호
자의 동의가 이루어졌다는 말과 함께 DNR 용지에 서명을 완료했다.
누나들은 중환자실 앞에서 기다리고 있던 김윤아를 발견하자 그녀의
머리채를 잡고 휘젓는 큰 소란까지 벌였다. 보안요원들이 출동하고
나서야 겨우 상황이 정리되었다.

소식을 들은 우진은 서둘러 중환자실 앞으로 달려갔다. 김윤아는
머리가 헝클어진 채 의자에 앉아 눈물을 흘리고 있었다. 우진은 그녀
에게 다가가 괜찮은지 묻고 싶었지만, 그럴 리 없다는 생각에 그냥 뒤
돌아섰다. 그때 김윤아의 목소리가 그를 붙잡았다.

"선생님, 성민 씨는 괜찮죠? 아직 혈압은 떨어지지 않았죠?"

우진은 고개를 끄덕이며 대답했다.

"네. 아직은 변화 없어요. 그런데… 괜찮으세요?"

김윤아는 흐트러진 머리를 손으로 대충 정리하며 애써 미소를 지

었다.

"이거요? 괜찮아요. 제 남편만 괜찮을 수 있다면…, 이 정도야 아무 것도 아니에요."

우진은 김윤아가 돈 때문에 그러는 게 아니라는 걸, 그저 사랑하는 이의 생명이 돌아오기를 진심으로 바라고 있다는 걸 알 수 있었다. 지금 유성민의 생환을 진심으로 바라는 사람은 오직 그녀뿐인 것처럼 보였다. 우진은 그 사실을 마음속에 새기며 조용히 발걸음을 돌렸다.

수술 3일째, 신경외과 중환자실 안의 공기는 차갑고도 긴박했다.

"선생님, 유성민 환자 혈압이 조금씩 떨어지기 시작합니다."

애타는 간호사의 목소리에 우진의 마음은 점점 무너져내리고 있었다. 무력함에 고개를 숙이던 그에게 유라가 말했다.

"그렇게 안타까우면 환자 형님한테 다시 전화해봐. 지금 약 안 쓰면 돌아가실 거라고."

"그래야겠다."

우진은 고개를 끄덕이며 서둘러 환자의 형에게 전화를 걸었다. 다행히 형님이라는 사람이 이내 전화를 받았다.

"유성민 씨 형님이시죠? 병원입니다. 유성민 환자분, 현재 혈압이 떨어지고 있어서 급하게 전화 드렸습니다. DNR 사인하셨다고 들었는데, 현재 동생분이 굉장히 위중한 상태인 건 맞지만, 지금 약을 쓰면 아직 살 가능성도 있습니다."

지난번처럼 전화를 끊어버릴까 봐 재빨리 말하는 우진에게 유성민의 형은 차갑게 되물었다.

"확률이 얼마나 됩니까?"

"네?"

"그 약 쓰면 살 수 있는 확률이 얼마나 되냐고요?"

우진은 숨을 삼켰다.

"제가…, 그걸 장담할 수는 없고… 그렇게 높다고는….."

그러자 형이라는 남자는 무정한 목소리로 대답했다.

"의사 선생님, 제 동생을 위해서 애쓰는 건 저희도 알고 있습니다. 동생은 편안하게 가게 놔두시고… 사망하면 연락하세요."

뚝.

전화가 끊겼고, 중환자실에는 침묵이 흘렀다. 우진과 간호사들은 서로의 얼굴만 쳐다볼 뿐, 아무 말도 할 수 없었다.

"어떻게 저런 형이 있을 수 있지?"

유라도 할 말을 잃고 고개를 저었다.

바로 그때, 갑자기 중환자실 문이 벌컥 열리고 의외의 인물들이 구세주처럼 나타났다. 바로 유성민의 세 누나였다. 그들은 마치 태풍처럼 몰아치며 큰소리로 외쳤다.

"주치의! 주치의!"

"우리 좀 봐봐."

"그때 말한 약 다 써요. 우리가 쓰라고 하면 쓸 수 있는 거지?"

우진과 유라는 무슨 상황인지 몰라 서로의 얼굴만 쳐다보다가 유라가 먼저 움직였다.

"네, 쓸 수 있습니다. 혈압 높이는 약 말씀하시는 거죠?"

"응, 그거. 뭐든지 해서 동생 좀 살려줘 봐요."

"네, 알겠습니다."

중환자실이 갑자기 분주해졌다. 간호사들은 기다렸다는 듯 손을 빠르게 움직였고, 약을 투여하자 다행히 유성민의 혈압은 점차 정상 범위로 돌아왔다. 그러자 한숨 돌릴 새도 없이, 세 누나가 뜻밖의 요청을 다시 해왔다.

"그리고 우리 성민이 BVS 좀 해줘요."

"네? 그건 무슨 말씀이세요?"

"아니, 글쎄 얘기 좀 들어봐요."

세 누나가 쉴 새 없이 이야기를 쏟아냈다.

"동생 유산이 큰오빠한테 전부 간다는 거야, 글쎄."

"그러게, 그게 말이 돼요?"

"주치의 선생, 우리 오빠 여기 온 적 있어요?"

우진은 곤혹스러운 표정으로 답했다.

"아니요"

"봐요, 어떻게 그런 사람이 유산을 혼자 다 가져가?"

세 누나의 말은 점점 격해졌고, 우진은 무거운 마음으로 설명했다.

"아…, 네…. 그렇지만 BVS는 특별한 사유가 없으면 허가가 나지 않아요."

"아니, 내 얘길 들어봐. 알고 보니까 우리 아빠가 돌아가시기 전에 성민이 유산을 오빠한테 맡기면서, 성민이가 아빠한테 용서를 구하면 유산을 주고, 끝까지 잘했다고 버티면 오빠더러 가지라고 했다는 거야!"

"유서에 그렇게 쓰여 있대."

"네⋯."

"근데 아빠 돌아가시고 나서 성민이한테 전화한 게 오빠였는데, 오빠 말로는 성민이가 끝까지 용서를 안 구했다고 하더라고. 그래서 오빠가 성민이 몫을 다 가져가겠다고 우기는데⋯, 우리보고 그걸 믿으라고? 400억이 걸렸는데?"

"시세 확인해보니까, 그 땅이 300억이 아니라 400억이래."

"그래서 BVS가 필요하다는 건가요?"

"당연하지. BVS 해서 진짜 그렇게 전화했는지 확인해야지. 만약에 성민이한테 유산이 돌아온다면, 우리도 그 유산 나눠 가질 수 있잖아. 주치의라면 해보지 않겠어?"

우진은 답답한 표정으로 고개를 저었다.

"글쎄요. 근데 그런 이유로 BVS 허가가 나올지는 모르겠네요."

하지만 세 누나는 물러서지 않았다.

"뭐라고? 참나! 주치의, 똑바로 들어. 이거 우리 한 사람당 130억 넘게 걸린 문제야. 당장 책임자 부르고 빨리 진행해!"

BVS는 당연히 병원 윤리위원회에서 허가되지 않았다. 그러나 유성민의 세 누나는 그 결과를 받아들이지 못하고 급기야 병원에서 소란을 피우기 시작했다. 그때 마침 수술을 마치고 중환자실로 돌아온 한상식이 세 누나를 진정시켜보려 오랜 시간 설명을 이어갔다. 그제야 그들은 이해하는 듯 보였고, 변호사와 상의하겠다며 병원을 떠났다.

다음날, 법적으로 친 보호자가 아니면서도 유일하게 환자를 지키고 있던 김윤아가 면회 시간에 김승태 교수를 찾아왔다. 그녀의 눈에는 결의가 가득했다.

"선생님, 저는 절대 성민 씨 포기 못 해요. 병간호를 위해 이미 직장도 그만뒀어요. 그리고 지금까지 수술비와 병원비도 제가 다 냈어요. 앞으로도 계속 낼 테니, 선생님도 돈 걱정하지 말고 포기하지 말아 주세요."

그녀의 흔들림 없는 눈빛에 김승태 교수는 말없이 고개를 끄덕였다. 이후에도 김윤아는 뇌 CT 촬영을 위해 중환자실 밖으로 나설 때마다 유성민의 손을 꼭 붙잡고 눈물을 흘렸다. 그런 그녀의 간절함이 전해졌는지, 김승태 교수와 전공의들은 유성민의 상태에 작은 변화라도 있으면 곧바로 그녀에게 소식을 전했다. 덕분에 김윤아는 매번 작은 희망을 품을 수 있었다.

난동을 부리고 돌아간 사흘 뒤, 유성민의 세 누나가 다시 병원에 나타났다. 이번에는 지방법원 판사가 발부한 BVS 허가장을 손에 들고 있었다. 유성민의 상태는 반 혼수상태지만, BVS를 강제로 집행하게 됐다.

유성민의 부모님이 약 1년 전에 모두 돌아가셨기 때문에, 이 BVS에는 많은 영상분석이 필요했다. 영상전문가 세 명으로 이루어진 별도의 팀이 꾸려졌고, 이를 감독하기 위한 경찰 한 명과 세 누나가 고용한 변호사 한 사람도 참여했다. 환자의 상태를 체크하기 위해 의사인 우진도 함께 들어가서 영상을 확인했다.

분석실은 처음부터 긴장으로 가득했다. 영상이 하나하나 재생되었고, AI를 통해 영상을 시간에 따라 재연결하며 전문가들은 진땀을 흘렸다. 몇 시간 후, 유성민의 BVS 영상분석이 끝났고, 세 누나의 변호사는 만면에 미소를 띤 채 밖으로 나왔다. 영상분석 결과, 유성민의 형은 당시 그에게 유산에 관해 일절 말하지 않았다는 사실이 확인되었다.

법적 다툼의 여지는 남아 있지만, 형의 과실로 인해 유성민이 물려받은 부모님의 유산은 이제 형의 손을 떠나 유성민의 재산이 되었다. 이로써 유성민이 사망하게 되면 세 누나에게도 재산이 돌아갈 가능성이 생긴 것이다.

세 누나는 병원에 '더 이상의 치료를 하지 말라.'고 요청했고, 만족스러운 듯 돌아갔다.

하루 뒤, 당직실.
컴퓨터 앞에서 환자의 경과를 기록하던 우진에게 유라가 물었다.

"어떻게 생각해?"

우진은 불길한 기운이 전신을 휩쓸고 지나가는 걸 느끼며 천천히 대답했다.

"설마 너…? 하긴, 지금 유성민 환자가 네 기준에 딱 맞긴 하지. 지금 그 보호자들은 전부 환자가 죽길 바라고 있으니까. 하지만 김윤아 씨는? 그녀는 남편이 살아나기를 간절히 바라고 있어."

"며칠 전에 김윤아 씨 어머니가 오셨었어. 제발 유성민 환자 좀 죽게 놔두라고 하시더라. 김윤아 씨가 잘 다니던 직장도 그만두고 모아 둔 돈도 병원비로 다 쓸 판이래."

그 말은 우진의 마음을 무겁게 했다.

"이대로 유성민 환자 식물인간으로 계속 살아 있으면, 김윤아 씨는 돈도 잃고 건강도 해칠 거야…. 그리고 젊음도…."

"…."

유라는 한숨을 쉬며 덧붙였다.

"넌 유성민 씨 BVS 봤잖아. 그 이야기를 해줘."

"내가 BVS에서 본 이야기를 들으면…."

"응. 내가…, 아니, 우리가… 판단하는 데 도움이 되겠지."

"좋아…. 알았어."

우진은 자신이 본 유성민의 BVS 영상 내용을 유라에게 자세히 이야기해주기 시작했다.

어떤 부부 ——∿——

외동딸로 자란 김윤아와 5남매 중 막내로 자란 유성민. 서로 다른 환경에서 자란 두 사람은 제멋대로고 불같은 성격 때문인지 연애할 때부터 서로 사랑하면서도 자주 다투었다. 다툼이 반복될 때마다 이별이 찾아왔지만, 결국 유성민의 사과로 다시 만나게 되곤 했다. 그들의 이별이 몇 번이나 반복되었는지 셀 수 없게 되었을 즈음, 두 사람은 서로를 묶고 있는 운명의 끈을 체감하며 결혼을 결심했다.

하지만 둘의 결혼 과정은 순탄치 않았다. 유성민의 집은 할아버지 때부터 부동산 사업으로 큰 재산을 쌓은 부유한 집안이었고, 아버지는 아들인 유성민이 부모가 정한 사람과 결혼하기를 원했다. 그러나 유성민은 그런 부모의 뜻을 거스르고 집을 나와 오로지 사랑 하나만 믿고 김윤아와 결혼했다.

"너는 더 이상 내 자식이 아니다."

아버지의 분노 어린 호통을 뒤로하고, 두 사람은 도시 변두리에서 소박한 가정을 꾸렸다.

두 사람은 언젠가 손주가 생기면 부모님도 마음을 열어주리라 믿었지만, 삶은 항상 뜻대로 흘러가지 않았다. 아기는 쉽게 생기지 않았다. 유성민은 둘이서도 충분히 행복하다며 웃었지만, 김윤아는 부모님의 인정을 받고 싶다는 마음에 점점 초조해졌다.

그러던 어느 날, 유성민의 형으로부터 믿기 힘든 소식이 전해졌다. 1년 전 교통사고로 어머니가 돌아가셨고, 아버지도 반년간의 투병 끝에 얼마 전 세상을 떠나셨다는 소식이었다. 형제들은 유산 문제 때문인지, 이 사실을 그때까지 유성민에게 알리지 않았다. 유성민은 그 소식에 망연자실했고, 그 슬픔을 어떻게 해소해야 할지 몰랐다.

그날 밤, 결혼 후 처음으로 크게 싸운 두 사람은 서로에게 돌이킬 수 없는 말을 내뱉고 말았다.

"네가 문제라서 아직 애가 없는 거 아니야?"

이에 김윤아도 울분을 참지 못하고 해서는 안 될 말을 내뱉었다.

"더 이상 못 살겠어. 우리 이혼해!"

불같은 성격에 화를 주체하지 못한 이 둘은, 결국 법원을 거쳐 이혼 절차를 마무리했다. 김윤아는 짐을 정리해 서울에 있는 친정으로 돌아갔다.

유성민은 매일 피어나는 불안한 마음에 사로잡히면서도, 언젠가는 다시 만나 화해하게 될 날이 오리라 믿었다. 그러던 어느 겨울밤, 일이 끝나고 집에 돌아온 유성민은 집 앞에서 추운 칼바람에 오들오들 떨며 서 있는 김윤아를 발견했다. 그 순간, 모든 분노와 적개심이 눈 녹듯 사라졌고, 그는 조심스럽게 뒤로 다가가 얼어붙은 그녀를 품에 안으며 떨리는 목소리로 사과했다.

그날 밤, 두 사람은 다음 날 아침 동사무소에 가서 이혼을 취소하든, 혼인신고를 다시 하든, 이제는 다시 함께 살자고 다짐했다. 그리고 앞으로는 아무리 화가 나도 이혼이라는 말을 절대로 꺼내지 않기로 서로 맹세했다. 그들은 밤이 깊어지는 동안 사랑을 나누었고, 유성민은 방 안의 열기를 피해 잠시 차가운 베란다로 나갔다가 '억' 하는 소리와 함께 쓰러지고 말았다. 그렇게, 그들의 미래는 한 토막의 짧은 꿈처럼 끝이 나고 말았다.

　우진은 이야기를 마치고 유라를 바라보았다. 유라는 깊은 한숨을 쉬며 말을 꺼냈다.

　"으음, 넌 이 이야기의 끝이 어떻게 될 거 같아?"

　우진은 사실 그 결말을 어렴풋이 짐작하고 있었다. 지친 김윤아가 유성민의 곁을 떠나거나, 아니면 유성민이 합병증으로 끝내 숨을 거둘 것이었다. 물론 기적처럼 유성민이 깨어날 가능성도 있다지만, 지금 상황은 그리 희망적이지 않았다.

　우진이 그런 우울한 상념에 젖어 있는 사이, 유라는 엷은 미소를 띠고 있었다. 아무리 생각해봐도 유성민의 빠른 죽음만이 답이라는 생각을 하고 있을 것이었다. 우진은 조금 절박한 심정이 되어서 유라에게 물었다.

　"하지만… 그건 법을 어기는 거잖아. 넌 두렵지 않아?"

　"법이 항상 완벽하지는 않잖아. 난 이게 옳다고 생각해. 언젠가는 사회적으로 논의가 더 이루어져서… 법이 바뀔 수도 있겠지. 하지만 지금은… 김윤아 씨가 너무 불쌍해. 그녀는 미래가 어떻게 될지 눈감은 채, 단지 지금의 감정에만 충실한 거야."

"그래서 뭘 어떻게 할 건데?"

유라는 잠시 침묵을 지킨 뒤 다시 입을 열었다.

"나는 유성민 씨를 편히 보내줬으면 좋겠어. 너는 어떻게 생각하는데?"

우진은 잠시 머뭇거렸다. 그의 마음은 혼란스러웠다.

"나도… 김윤아 씨가 너무 불쌍해. 그래도 이렇게 보내는 건 아닌 거 같아. 마음의 준비도 되지 않았을 텐데, 유성민 씨도 아직 너무 젊잖아. 젊다는 건, 가능성이 있다는 거야."

"알았어."

유라는 말없이 입을 꾹 다문 채 당직실을 나갔다.

2주 뒤, 신경외과 병실 안.

우진과 한상식이 회진을 돌며 병실에 들어서자, 김윤아가 힘겨운 미소로 그들을 맞았다.

"오셨어요?"

그 모습을 보고 한상식이 부드럽게 미소를 지으며 물었다.

"유성민 씨, 오늘은 좀 어떠신가요?"

"비슷해요. 제가 보기엔 손가락을 조금 움직이는 것 같은데, 여기 간병사분들은 아니라고 하시네요. 그래도 언젠가는 변화가 있겠죠."

옆에서 다른 환자들을 돌보던 간병사들이 김윤아를 보며 한마디씩 던졌다.

"아이고, 젊은 새댁이 진짜 열심이야."

"저러다 탈 날까 봐 걱정이야."

"참 착해, 요즘 사람들 같지 않아."

김윤아는 고개를 숙이며 쑥스럽게 웃었다.

"아니에요. 제가 남편한테 잘못한 게 많아서 그래요."

한상식이 다정하게 웃으며 말했다.

"아니, 이렇게 정성껏 돌보시는 걸 보면, 남편한테도 정말 잘하셨을 것 같은데, 안 그런가요?"

"아이고 선생님, 무슨…. 절대 그렇지 않아요."

김윤아의 목소리는 떨렸다. 그러다 그녀는 갑자기 터지는 눈물을 참으며 고개를 숙이고 말을 이었다.

"행복했던 시간은 너무 짧고, 고통의 시간은 너무 길게만 가네요."

그러자 한상식이 김윤아를 위해 격려의 말을 건넸다.

"이렇게 슬픈 얼굴 하고 있으면, 남편분이 보고 싶어 하시겠어요? 활짝 웃으셔야 남편분도 얼른 일어나고 싶어 하시죠."

"네."

김윤아는 그제야 겨우 고개를 들고 미소를 지어 보였다. 그 모습을 본 우진은 왠지 모르게 가슴 한편이 찌릿했다. 그래서인지 그의 목소리에도 자연스레 힘이 들어갔다.

"힘내세요."

김윤아는 눈물을 글썽이며 말했다.

"저는 지금도 이 모든 게 꿈같아요. 남편이 그저 깊게 잠들어 있는 것 같고, 아무 일 없었던 것처럼 다시 일어나 밥 달라고 칭얼거릴 것만 같아요. 부디…, 정말…, 그랬으면 좋겠어요."

우진은 그녀의 간절한 표정을 보며, 자신의 선택이 옳았는지 다시 한번 의문을 품었다. 그녀를 제외한 다른 가족들은 모두 유성민의 죽음을 바라고 있었다. 지금도 그들은 그의 마지막을 손꼽아 기다리는 중이었다. 김윤아는 이 슬픔이 얼마나 오래갈지 알지 못한다. 이렇게 모든 짐을 그녀 혼자 지게 두는 것이 과연 옳은 일일까. 어쩌면 유성민에게 편안한 마지막을 허락하는 편이, 그녀를 위한 진정한 배려가 아니었을까.

뒷이야기

유성민 환자가 수술을 받은 지 한 달 반이 지났을 때의 일이다. 병원 밖에는 여전히 군데군데 녹지 않은 하얀 눈이 남아 있지만, 어느새 몇몇 나무에는 꽃봉오리가 피어오르기 시작했다.

"재활과에서 협진 요청이 들어왔어요. 정 선생이 가서 유성민 환자 좀 보고 와주세요."

"네 알겠습니다, 교수님."

김승태 교수의 전화를 받고 우진은 유성민을 보기 위해 재활병동으로 향했다. 지금 유성민은 통증에는 어느 정도 반응할 수 있지만, 여전히 의식은 돌아오지 않은 상태였다.

"안녕하세요."

병실에 들어선 우진에게 김윤아가 힘겹게 미소를 지어 보였으나, 그녀의 안색이 어딘지 좋지 않았다.

"괜찮으세요? 얼굴빛이 안 좋아 보이시는데."

우진이 묻자, 주변 간병인들이 한 마디씩 거들었다.

"선생님, 윤아 씨가 요즘 밥을 너무 안 드세요. 이러다 쓰러지겠어."

"아니에요, 저 괜찮아요. 요즘 속이 좀 안 좋아서 그래요."

김윤아는 그렇게 말하며 억지로 웃었지만, 바로 그 순간 얼굴을 찡그리며 배를 움켜잡더니 그대로 그 자리에 쓰러졌다. 그 모습에 우진과 주변 사람들이 깜짝 놀랐고, 김윤아는 쓰러진 상태에서 힘겹게 배를 그러쥐며 말했다.

"배가 좀 안 좋은 것 같아요."

식은땀을 흘리는 김윤아의 떨리는 목소리에 우진은 급히 그녀를 부축해 일으켰다.

"일단 응급실에 가서 진료를 받으셔야겠어요."

우진은 김윤아를 침대에 눕힌 뒤 서둘러 응급실로 향했다. 응급실로 내려가는 엘리베이터 안에서 그의 머릿속에는 여러 가지 생각이 스쳐 지나갔다. 오로지 남편 간호에만 매달린 결과, 정작 자신의 건강을 챙기지 못한 게 아닐까. 유라의 말이 맞았을지도 모른다. 그때 그녀의 말대로 했더라면, 김윤아의 마음은 잠시 찢어졌을지 모르지만, 이렇게 쓰러지는 지경에 이르는 일은 없었을지도 모른다는 후회가 밀려왔다.

응급실에 도착한 후, 우진은 같은 기수인 응급의학과 전공의에게 김윤아를 맡기고 검사결과를 기다렸다. 수액을 맞은 김윤아는 곧 회복되는 듯 보였다. 잠시 후 응급의학과 전공의가 검사결과를 들고 우진을 찾아왔다. 우진이 다급하게 재촉했다.

"어때? 검사결과 괜찮지? 특별한 건 없지?"

우진이 급하게 묻자 동기는 빙그레 웃으며 흥미롭다는 듯 되물었다.

"아는 사람이야?"

"응, 우리 환자 보호자."

"특별한 건 없어. 아마 요즘 잘 못 먹고 지쳐서 그런 것 같아."

"다행이네."

우진은 안도하며 고개를 끄덕였다. 그런데 그때 응급의학과 전공의가 뜻밖의 이야기를 꺼냈다.

"아, 그런데 말이야, 요(尿) 임신 검사에서 양성반응이 나와서 산부인과 선생님 불러서 초음파 하기로 했어."

"뭐, 임신?"

"응, 한번 봐봐."

그가 보여준 검사결과지에는 분명히 '임신 양성반응'이라고 표시되어 있었다. 깜짝 놀란 우진은 곧바로 김윤아가 누워 있는 곳으로 달려갔다. 산부인과 전공의가 이미 그녀의 복부에 초음파를 대고 있었다.

"어때?"

"응. 임신 맞아. 여기 봐봐."

초음파에는 꽃봉오리같이 생긴 아기집이 선명하게 보였다.

"어머나!"

김윤아도 놀라 감탄사를 내뱉었고, 곧 눈물이 흐르기 시작했다. 한참 동안 눈물을 흘리던 그녀는 떨리는 목소리로 우진에게 이렇게 말했다.

"선생님, 지나고 나면 과거의 고통은 순간이라는 말이 사실인가 봐요."

확실히, 그녀가 지금 흘리는 눈물은 이전에 흘리던 눈물과는 달랐다.

그날 밤. 유라의 원룸에서 우진은 유라에게 이야기했다.

"유라야, 이제 알았어. 내가 왜 이러면 안 된다고 생각했는지. 우리가 BVS를 보고 그 사람과 그 사람의 상황을 안다고 하지만, 그건… 그 사람의 과거일 뿐이잖아."

유라는 조용히 그의 말을 듣고 있었다.

"사람의 목숨을 함부로 심판하고 판단할 수 없는 건, 우리가 그 사람의 미래를 알 수 없기 때문이야. 정말 죽어 마땅하다고 여겨지던 사람도 상황이 변하면 그렇지 않을 수도 있는 거니까. 의사는 결코… 심판자가 될 수 없어."

침묵하던 유라가 그제야 조용히 입을 열었다.

"네 말이 맞을 수도 있어. 하지만 이 경우는 특이한 사례일 뿐이야. 흔한 경우가 아니라는 거지. 그래도 이번에 내 생각이 틀렸다는 건 인정할게. 결국 이건 개인이 판단할 문제가 아니라 다수가 의견을 나누고 시스템이 관리해야 해."

우진은 그녀의 말에 살짝 고개를 끄덕였다.

"하지만 어떻게? 우리에게 이걸 공론화할 힘은 없잖아."

유라는 고개를 들고 우진을 바라보며 말했다.

"내가 자수하면 되지 않을까?"

"아니, 그러지는 말자…. 그건 너무 극단적이야. 어떻게 그래…. 그러지는 말자."

우진과 유라는 그날 밤 긴 시간 이야기를 나누었지만, 끝내 결론을 얻지는 못했다. 그들의 끝나지 않은 질문은 여전히 이 세상에서 고통받는 환자들과 그들을 지켜보는 보호자를 위한 것이었다. 밤은 점점 깊어가며 고요한 어둠에 잠겨갔고, 창밖에는 작은 꽃봉오리들이 숨죽이며 피어날 준비를 하고 있었다.

CASE 08
살인자가 된 의사

살인자가 된 의사

새벽 세 시.

가로등 꺼진 거리에 칠흑 같은 어둠이 내려앉아 있었다. 도로는 시간이 멈춘 듯 고요했지만, 멀리 보이는 병원 응급실의 불빛만은 여전히 꺼지지 않은 채 마지막 생명을 지키는 불꽃처럼 환하게 빛을 발하고 있었다.

그 불빛을 향해, 사이렌을 울리며 119 구급차 한 대가 급히 들어왔다. 젊은 남자 하나가 들것에 실린 채 안으로 옮겨졌고, 구조대원들이 필사적으로 심폐소생술을 이어갔다. 그 남자는 뺑소니 교통사고로 인해 뇌출혈과 전신 다발성 골절을 입은 상태였다.

"뇌출혈 확인됐습니다! 혈압이 떨어지고 있어요! 빨리 준비해 주세요!"

응급실로 들이닥친 구조대원들의 다급한 외침에 응급실 안은 더욱 긴박해졌다. 간호사들은 신속하게 필요한 장비와 약품들을 챙겼다. 응급의학과 의사가 119 구조대원에게 침착한 목소리로 물었다.

"환자 신원 파악은 됐나요?"

"네. 지갑이 있어서 저기 있는 경찰관에게 넘겼습니다."

구조대원이 말한 경찰관은 이미 부상자의 지갑과 휴대전화를 통해 신원을 확인하는 중이었다.

한편, 주삿바늘을 꽂으려던 간호사 한 명이 환자의 얼굴을 보더니 갑자기 손을 멈추었다. 그녀의 표정이 순식간에 굳어지면서, 작고 떨리는 목소리가 터져 나왔다.

"어…? 정우진 선생님…?"

그녀는 소스라치게 놀라며 뒤로 한걸음 물러섰다. 옆에 있던 동료가 다급하게 물었다.

"미영 씨. 무슨 일이야?"

미영이라는 이름의 간호사는 힘겹게 입을 뗐다.

"이 환자…, 신경외과 정우진 선생이에요."

그 말에 응급실 전체가 순간 얼어붙었다. 누군가는 차트를 놓칠 뻔했고 누군가는 굳은 자세로 그 자리에 멈춰섰다. 모두가 숨도 삼킬 수 없이 긴장한 가운데, 응급의학과 전공의가 정적을 깼다.

"정우진 선생이라고?"

그는 우진의 얼굴을 확인한 뒤, 떨리는 목소리로 외쳤다.

"빨리 신경외과 김승태 교수님 연락하세요!"

상태가 너무나 심각했기에, 뇌출혈을 제거하기 위한 응급수술이 즉시 진행되었다. 그렇게 모두가 최선을 다했지만, 결과는 비극적이었다. 응급실 전체가 침묵에 휩싸였고 결국 우진은 혼수상태에 빠지고 말았다.

수술을 마치고 나온 신경외과 김승태 교수는 고개를 떨군 채 말을 잇지 못했다. 그의 눈에는 깊은 피로와 슬픔이 서려 있었다. 무거운 정적이 흐르는 가운데 경찰이 조심스럽게 다가왔다.

"교수님, 사고 현장에서 도주한 차량을 확인하기 위해 BVS를 해봐야 할 것 같습니다."

김승태 교수는 고개를 끄덕이며 낮은 목소리로 말했다.

"네, 알겠습니다. 바로 시술 들어가겠습니다."

김승태 교수는 곧바로 BVS를 시행했고, 경찰과 함께 들어가서 영상을 직접 확인했다.

정우진의 BVS 영상 ───∿⋀∿───────────

새벽 두 시, 우진은 병원에서 나와 인적 없는 거리를 걷고 있었다. 병원 바로 앞, 왕복 4차선 도로의 신호등은 꺼져 있고, 밤의 적막 속에 우진은 조심스레 길을 건넜다. 그는 편의점에서 아이스크림과 간식을 산 뒤, 다시 길을 건너 병원으로 돌아가려는 참이었다.

그러나 그 순간, 커다란 굉음과 함께 한 줄기 빛이 그의 몸을 덮쳤다. 불법 과속 차량은 브레이크 한 번 밟지 않고 그대로 그의 몸을 향해 질주했고, 그렇게 영상은 암전되며 끝이 났다.

경찰은 영상을 확보하자마자 범인 추적에 나섰고, 기적적으로 하루 만에 체포에 성공했다. 그런데 놀랍게도 범인이 미성년자였다. 가출한 상태에서 불법으로 렌트한 차량을 몰다가 사고를 냈다. 면허도 없이 무모하게 운전을 하다가 결국 끔찍한 사고를 일으킨 것이었다.

체포된 학생은 경찰서 바닥에 꿇어앉아 흐느끼며 떨리는 목소리로 우진의 부모에게 용서를 빌었다.

"죄송합니다. 정말 죄송합니다. 제가 잘못했습니다."

아직 앳된 티가 가시지 않은 그의 얼굴에는 두려움과 후회가 가득했고, 그는 자기가 저지른 죄의 무게도 어느 정도는 느끼고 있는 것처럼 보였다.

하지만 우진의 부모는 둘 다 한동안 그에게 어떤 말도 하지 않았다. 우진의 어머니 눈에는 이미 눈물조차 말라 있었다. 그녀는 떨리는 손으로 남편의 팔을 붙잡으며 입술을 깨물었다. 우진의 아버지는 무겁게 숨을 고르더니 낮고 무딘 목소리로 겨우 입을 열었다.

"돌이킬 수 없는 일인데…, 네가 우리 아이의 삶을, 우리의 희망을 앗아갔구나…."

학생은 흐느끼며 고개를 숙였지만, 그 누구도 그에게 말을 걸지 않았다. 그저 침묵만이, 그 비극의 무게만이 남아 있었다. 철없는 아이에 의한 너무나 허망한 사고였다.

파국 속으로 ──╴╱╲╱╲╴────

그날 밤, BVS 보관실.

유라는 홀로 의자에 앉아 우진의 BVS 영상을 들여다보고 있었다. 그를 영영 잃을지도 모른다는 슬픔이 그녀의 가슴을 아프게 짓눌렀다. 영상 속 우진은 환자들을 위해 밤낮없이 뛰어다녔고, 그들을 위해 많은 시간을 고민하고 공부하는 모습이었다. 그의 따뜻한 마음과 진심이 화면에 고스란히 담겨 있었다.

유라는 자신과 있는 우진의 모습을 영상으로 보며 그의 마음도 함께 읽을 수 있었다. 우진은 언제나 그녀를 바라보고 있었다. 영상에서 유라의 모습은 놀랍도록 분명하고 선명하게 보였다. 우진은 또렷하고 맑은 그녀의 눈동자를 좋아하는 듯했다. 그의 시선에 그녀는 항상 빛이 나고, 아름다웠다. BVS 보관실에서 유라는 한참을 울었다.

"정우진…."

그녀는 흐르는 눈물로 그의 이름을 불렀다. 비록 그의 시간이 멈춰 버렸지만, 그의 마음만큼은 영원히 그녀와 함께할 것만 같았다.

다음 날, 우진의 신경학적 검사는 GCS 3점, 동공은 다 열린 상태로 소생 가능성이 거의 없는 것으로 판명되었다. 기관삽관으로 간신히 거친 숨을 쉬고 있을 뿐이었다. 수술 후 3일째 되는 날에는 뇌부종이 더욱 심해졌고, 혈압도 점점 더 불안정해졌다. 이제는 우진을 이대로 보내줄지 말지 결정을 내려야 하는 상황이었다.

연명치료 거부와 사후 장기기증에 서명한 우진의 뜻을 알고 있던 그의 부모님은 우진의 가는 길, 그 마지막만은 우진의 뜻을 존중해 주기로 했다. 신경외과 의사들 역시 그 의견을 받아들였고, DNR 용지에 부모의 서명을 받고 마지막을 준비했다. 그러나 유라만은 이 결정을 도저히 받아들일 수 없었다.

그녀는 우진의 부모님을 찾아가 울먹이는 목소리로 간청했다.

"어머님 아버님, 제발 한 번만 더 생각해 주세요. 이대로 우진이를 포기할 순 없어요."

우진이 소생할 가망이 거의 없다는 사실을 누구보다 잘 알았지만, 유라는 그를 그렇게 보내는 일이 견딜 수 없이 고통스러웠다.

우진의 아버지가 깊은 한숨을 내쉬며 고개를 저었다.

"유라야, 우리도 힘들지만…, 이게 우진이의 뜻이었단다. 더 이상 우진이가 고통받지 않았으면 좋겠다."

그의 목소리엔 절망과 체념이 가득했다. 그러나 유라는 여전히 그 말을 받아들이는 게 너무나 고통스러웠다. 그녀의 마음은 여전히 그를 놓아줄 수 없었다.

수술 후 5일째 되던 날, 우진의 심장 박동이 점차 느려지기 시작했다. 신경외과 교수들과 전공의들, 그리고 가족들이 모여 그의 마지막을 준비하기 시작했다. 환자들을 위해 그렇게나 열정적으로 뛰어다니던 우진이 이제는 침대에 누운 채 조용히 숨을 거두려 하고 있었다. 병실은 깊은 슬픔에 잠겼고, 모두의 눈가엔 눈물이 맺혔다. 그리고 얼마 지나지 않아, 마침내 우진의 심장이 멈췄다.

그때, 유라가 갑자기 우진의 침상으로 달려들었다.

"안 돼!"

유라는 망설임 없이 우진의 침대 위로 올라가 심폐소생술을 시작했다. 놀란 의료진들이 잠시 얼어붙은 듯 그런 유라를 지켜보다가, 뒤늦게 말리기 시작했다.

"유라 선생님, 그만하세요!"

한 간호사가 다급히 외쳤다.

"서유라 선생, 뭐하는 겁니까? 당장 내려오세요."

김승태 교수도 비명처럼 외치며 유라를 잡았지만, 유라는 그의 손을 뿌리치고 계속해서 심폐소생술을 이어갔다.

"제발, 돌아와…. 이렇게 끝낼 순 없어…."

유라는 눈물을 흘리며 간절하게 우진의 심장을 압박했다. 손은 떨리고 온몸이 지쳐갔지만, 그녀는 멈추지 않았다. 그녀의 눈에서는 눈물이 쉴 새 없이 흘렀고, 그녀의 간절함에 다른 사람들도 숨을 죽인 채 지켜볼 수밖에 없었다.

그리고 기적처럼, 우진의 심장이 다시 뛰기 시작했다. 모니터에서 울리는 규칙적인 심장 음이 병실의 정적을 깨뜨렸다. 유라는 온몸이 풀린 채 침대에 엎어지며 눈물을 쏟아냈다.

"이렇게… 그냥 보낼 수는 없어요. 그래서…."

유라는 흐느끼며 말끝을 채 잇지 못했다. 그때, 두 사람의 선배인 박찬영이 분노에 찬 목소리로 그녀를 질책하고 나섰다.

"너 미쳤어? 넌 아직 결혼도 안 했잖아. 네가 보호자도 아닌데… 왜 제멋대로 이렇게….”

"죄송합니다. 앞으로의 병원비는 제가 책임질게요. 주제넘었지만… 정말 죄송합니다.”

울부짖는 유라를 보며 우진의 부모님도 눈물을 훔치며 말했다.

"우리도 아들을 이렇게 보내는 게 편치만은 않았어요. 이게 하늘의 뜻이겠죠. 유라야, 고맙구나.”

이후로 더 이상 유라를 질책하는 사람은 없었지만, 여전히 많은 사람이 그녀의 돌발 행동에 대해 수군거렸다. 그녀는 보호자도 아니었고, 법적 권한도 없었다. 그녀의 행동은 분명 규정에서 벗어난 것이었으며, 평소의 그녀답지 않은 모습이었다. 다만, 우진의 존재가 유라의 삶에서 얼마나 특별했는지 다들 어렴풋이 짐작할 뿐이었다.

그날 밤, 당직실.

선배 한상식과 유라가 마주 앉았다. 일시적이지만 우진의 죽음을 본 그녀의 얼굴은 여전히 창백했고, 고뇌와 피로로 가득 차 있었다. 한상식은 손짓으로 그녀를 소파에 앉힌 뒤 물 한 잔을 건네며 물었다.

"서 선생, 아까 어떻게 된 일이야?”

유라는 잠시 망설였지만, 곧 입을 열었다. 목소리는 떨렸지만 단호했다.

"선배, 지난… 2년 동안… 제가 한 일을 먼저 말씀드려야 할 것 같아요."

그렇게 유라는 조심스럽게 그동안 있었던 일들을 털어놓기 시작했다. 보호자들이 죽음을 원하던 환자를 자기 판단으로 직접 사망에 이르게 한 일, 우진이 그 사실을 알게 되어 심하게 반발했던 일, 그리고 우진의 BVS 영상을 보며 마음이 무너졌던 일까지.

유라는 중간중간 잠시 말을 멈추고 눈을 감았다. 시간이 지날수록 그녀의 목소리는 점점 가라앉았다.

"저도 오늘 제가 왜 그랬는지 잘은 모르겠어요. 오늘이 마지막이라 생각하니…, 저도 모르게 그만….."

한상식은 그런 그녀를 묵묵히 바라보다가 한숨을 내쉬었다.

"에고… 모르긴 뭘 모르나. 서 선생이 정 선생을 많이 사랑해서 그런 거 아니겠나."

유라는 고개를 숙이고 다시 말을 이어갔다.

"그랬을 수도 있죠. 하지만 저도 저 자신이 이해가 안 돼요. 그냥 생각이 멈춰버린 것 같았어요. 왜 그랬는지 모르겠어요. 한 번도 이런 적이 없었는데…. 처음으로 객관적이고 합리적인 이유가 아닌, 그냥 제 마음대로 행동해 버렸어요."

한상식은 소파에 몸을 기대며 말을 이었다.

"서 선생, 똑똑한 자네가 모르면 누가 알겠나. 하지만 결국 자네도 기준이 없었던 거야. 그동안은 확신에 찬 대담한 결정을 내렸겠지만, 이번 일로 알았을 거야. 사람 목숨은 되돌릴 수 없는 거라는 걸."

유라는 눈을 들어 그를 바라보았다. 한상식은 따뜻하면서도 단호한 목소리로 말을 이어갔다.

"사람은 누구나 실수를 하지. 그래서 이런 문제는 혼자 판단해서는 안 돼. 여러 사람의 이야기를 듣고 합의해서 기준을 정해야지. 그리고 실수를 줄이기 위해서는 그 과정을 투명하게 감시할 수 있어야 하고."

유라는 고개를 끄덕이며 큰 숨을 몰아쉬었다.

"맞아요. 그런 의미에서… 제가 자수를 해야 할 거 같아요. 그래야 이 일이 공론화될 테니까요."

한상식은 잠시 그녀를 바라보다가 아주 조금 고개를 끄덕였다.

"자네가 옳다고 생각한다면, 그렇게 하는 게 맞겠지."

유라는 슬며시 미소를 지었는데, 거기에는 복잡한 감정들이 마구 뒤섞여 있었다.

"제 의사면허가 잘리는 건 두렵지 않아요. 다만… 아직 이 사회가 준비되지 않았을까 봐, 그게 조금 두렵네요."

며칠이 지나도 우진의 상태에는 차도가 없었다. 중환자실 침대 옆에 앉은 유라는 멍하니 그의 얼굴을 바라다보았다. 그녀의 눈에는 안쓰러움이 가득했다.

'이런 눈동자는 처음이네…. 내가 아는 정우진은 언제나 확신에 차 있고, 꿈이 있는 눈동자였는데. 그래서 내가 좋아했던 거고. 그러니까…, 이젠 제발 돌아와.'

그녀는 속으로 간절히 기도하며 우진의 손을 꼭 잡았다. 그 순간 우진의 손가락이 약간 움직이는 듯했다. 그러나 유라는 잠시 멈칫하더니 조용히 그의 손을 놓아주었다.

며칠 뒤, 경찰서.

유라는 흔들림 없는 걸음걸이로 경찰서 문을 밀고 들어섰다. 눈빛은 단호했고, 표정에는 결의가 가득했다. 접수 데스크에 있던 경찰이 그녀를 바라보며 물었다.

"무슨 일이신가요?"

유라는 조용히 가방을 내려놓고 차분한 목소리로 대답했다.

"저는 시온대학병원 신경외과에서 일하고 있는 서유라라고 합니다. 자백할 일이 있어서 왔습니다."

그 말을 들은 경찰은 잠시 놀란 듯 유라를 뚫어지게 쳐다보았다.

이후 경찰서 조사실에서 자신의 이야기를 담담히 풀어가는 유라는 이상하리만큼 평온해 보였다. 오히려 그 이야기를 듣는 경찰들이 놀라움과 충격으로 자리에서 벌떡 일어서곤 했다.

그녀의 목소리는 마지막까지 흔들림이 없었고, 그녀는 자신이 한 선택이 무엇을 의미하는지 분명히 알고 있는 듯했다. 그리고 그렇게 진술이 끝났을 때, 유라는 오랫동안 마음을 짓누르던 짐을 내려놓고 마침내 자유로워진 듯했다. 그녀의 얼굴에는 비로소 평온한 기색이 감돌았고, 차갑던 그녀의 내면에 서서히 따스함이 돌아오고 있었다.

뒷이야기 ——∿⩗⩘——

한 달이 흐른 뒤, 유라의 사건은 연일 텔레비전 뉴스와 신문을 장식하며 사회를 뜨겁게 달구었다. TV 토론회에서는 '적극적 존엄사'를 둘러싼 찬반 논쟁이 격렬하게 벌어졌다. 어떤 사람은 그녀를 '한국의 죽음의 의사'라고 불렀다.

"그건 살인입니다, 명백한 살인! 의사가 환자의 목숨을 거둘 권리가 어디 있습니까?"

한 패널이 격양된 목소리로 외쳤다.

"하지만 환자 스스로 존엄하게 죽고 싶어 했던 겁니다. 왜 우리나라에는 자신이 죽음을 선택할 자유가 없습니까?"

다른 패널이 더욱 단호한 목소리로 반박했다.

이렇게 유라의 자수를 통해 적극적 존엄사에 대한 논의가 더 이상 미룰 수 없는 사회적 이슈로 떠올랐다. 언론에는 여러 사례가 소개되었는데, 그 사연은 각기 달랐다. 재앙적 의료비 문제로 인해 치료를 포기한 사람, 고통 속에서 존엄을 지키고 싶어 하는 사람 등 복잡한 문제들이 산재했다. 누구도 쉽게 답을 내릴 수 없었다.

유라의 재판은 사회적 관심을 한 몸에 받으며 흥미진진하게 진행되었다. 그녀가 존엄사를 시켰다고 진술한 환자는 총 다섯 명이었다. 그들 중에는 나이가 많은 노인도 있었지만 젊은 환자도 포함되어 있었다. 모두 그녀의 판단에 따라 이루어진 일이었다.

법정에선 죽은 환자의 보호자들이 차례대로 증언대에 섰다.

"존경하는 재판장님, 저희 아버지는 극심한 고통 속에서 죽음을 간절히 원하셨습니다. 서유라 선생님은 아버지의 마지막 소원을 들어주신 겁니다."

한 보호자가 울먹이며 증언했다. 다른 보호자도 눈물을 머금고 말을 이었다.

"서유라 선생님이 없었다면 우리 가족은 더 큰 고통 속에 살았을 겁니다. 제발 선처를 부탁드립니다."

법정은 보호자들의 눈물 섞인 호소로 가득 찼고, 많은 이들이 침묵 속에서 그들의 간절한 이야기를 들었다.

전문가들은 유라가 집행유예를 받을 가능성이 높다고 전망했다. 환자 대부분이 식물인간 상태이거나 극심한 고통 속에 있었다는 점이 그녀의 결정을 이해하는 데 중요한 요소로 작용했다. 하지만 의사면허 박탈은 피하기 어렵다는 게 중론이었다. 유라에게 적용된 죄명은 '촉탁 승낙에 의한 살인죄'였다.

한편, 환자 단체 중 일부는 유라를 지지하며 거리로 나섰다. 그들은 손에 손팻말을 들고 목소리를 높였다.

"존엄사는 이제 선택이 되어야 합니다! 서유라 선생님의 용기를 지지합니다!"

유라의 행동이 불러온 파장은 법정 안에만 머무르지 않았다. 그녀의 결단은 생명과 존엄, 그리고 자유와 선택에 대한 본질적인 질문을 우리 사회 전체에 던지고 있었다. 이 논쟁은 쉽게 끝날 문제가 아니었으며, 새로운 시대의 윤리적 방향을 모색하는 중요한 전환점이 될 수밖에 없었다.

얼마 후 시온대학병원 수술방.

우진은 한 달 넘게 깊은 잠에 빠져 있었다. 그의 몸은 야위었고, 건강하던 모습은 온데간데없었다. 우진은 머리뼈 성형 수술을 받기 위해 수술대에 누워 있었다. 뇌출혈로 뇌압이 증가하여 머리뼈를 제거했던 환자들은 일정 시간이 지나면 머리뼈 성형 수술을 다시 받아야 했다.

수술은 무사히 끝났고, 마취과 전공의 1년차가 의례적으로 환자를 깨우기 시작했다.

"환자분! 일어나세요. 수술 다 끝났어요. 그만 주무세요. 일어날 시간이에요."

그 모습을 지켜보던 수술방 간호사가 얼핏 어이없다는 듯한 미소를 지으며 말했다.

"선생님, 외부 인턴 출신이라 잘 모르시는구나. 여기 누워 있는 선생님, 신경외과 전공의 선생님이에요. 뇌출혈로 수술받고 세미 코마 (semi coma)로 지낸 지 한 달 넘었어요."

"아, 그 선생님이구나. 제가 1년차라 정신이 없네요. 근데 세미 코마라면서도 눈은 뜨시네요."

"뭐라고요? 눈을 떴다고요?"

간호사는 손으로 입을 가리며 비명을 질렀다.

그 소리에 놀라 달려온 수술방 책임 간호사가 상황을 확인했다. 그녀 역시 깜짝 놀라서는 곧바로 한상식에게 전화를 걸었다.

"선생님! 정우진 선생이 눈을 뜨셨어요!"

한달음에 달려온 한상식은 우진의 상태를 체크했다.

"정 선생, 내 말 들리나?"

우진은 천천히, 그러나 분명하게 눈을 깜빡였다. 비록 말을 할 수는 없지만, 그의 의식이 서서히 돌아오고 있었다. 한상식은 그의 손을 꼭 잡으며 힘주어 말했다.

"정우진! 조금만 더 힘내보자!"

다시 한 달 후.

우진은 부모님의 도움을 받아 휠체어에 몸을 싣고 구치소로 향했다. 그가 바랐던 것은 오직 하나, 유라를 직접 만나는 것이었다.

면회실 문이 열리고, 유라가 들어섰다. 그녀는 문턱에서 우진을 바라보더니 눈앞의 광경이 믿어지지 않는 듯 그 자리에서 몸 전체가 굳어버렸다. 그러다 이내 현실을 깨닫고는 소리쳤다.

"너…, 으아…."

눈물이 그녀의 눈가에서 넘쳐흘렀다. 온몸이 떨리는 그녀를 보고 우진은 힘겹게 미소를 지었다. 그의 눈에도 눈물이 맺혔다. 그는 깊은 숨을 들이쉬며 힘겹게 입을 열었다.

"유라야…, 나 돌아왔어."

그 말이 떨어지자마자 유라는 달려와 우진을 꼭 끌어안았다. 흐르는 눈물로 시야는 흐려졌지만, 서로를 마주 본 그 순간만큼은 모든 것이 찬란하게 빛나고 있었다.

면회실의 희미한 불빛도 꼭 껴안고 있는 두 사람을 어루만지며, 꺼지기 직전의 불꽃처럼 강렬하고도 눈부시게 그들의 앞날을 비추고 있었다.

에필로그

법원 재판정.

오늘은 의사 서유라의 최종 변론 기일이었다. 법원 안에는 차가운 공기가 내려앉아 무거운 분위기가 감도는 가운데 유라는 한쪽 의자에 앉아 눈을 감고 있었다.

법정 밖은 무척이나 소란스러웠다. 종교단체와 시민단체들이 각각 자기들의 신념을 담은 피켓을 높이 들고 찬성과 반대를 외치고 있고, 서로 다른 목소리들이 뒤엉켜 주변을 가득 메우고 있었다.

법정 안.

"피고인 측, 최후 변론하세요."

판사의 단호한 목소리가 울려 퍼졌고, 변호사가 일어나 고개를 숙였다.

"서유라 씨가 직접 변론하겠습니다."

방청석의 시선이 일제히 유라에게로 향했다. 그녀는 천천히 자리에서 일어나 판사에게 정중하게 물었다.

"재판장님, 조금 길게 말씀드려도 괜찮을까요?"

판사는 가볍게 고개를 끄덕였다.

"허락합니다."

유라는 깊게 숨을 들이마셨다. 그녀의 목소리는 침착했으나, 그 안에는 억누를 수 없이 복잡한 감정이 묻어있었다.

"제가 이 일을 왜 시작했는지, 그리고 어떤 과정을 겪었는지 말씀드리고자 합니다. 제가 말씀드릴 이야기는 첫 번째 존엄사 사례였던 한 환자, 아니 한 인간의 삶과 죽음에 대한 것입니다. 이미 제출한 자료에도 나와 있지만, 그분의 관점에서 조금 더 자세히 이야기를 해보겠습니다. 그 환자는 제 어머니였습니다."

법정 안이 잠시 술렁거렸다. 유라는 고개를 숙인 채 이어나갔다.

"제 어머니는 사망 당시 59세였습니다. 그분은 서울대 영문학과를 졸업하고 미국 유학까지 다녀온 지성인이었습니다. 부유한 가정에서 자라 걱정 없이 성장하셨고, 고위 공무원이던 제 아버지와 결혼했으며, 스스로 운영하던 학원도 크게 성공해 본원과 세 개의 분원을 둘 정도였습니다. 그러나 어느 날, 단순한 두통으로 찍은 뇌 MRI에서 악성 뇌종양이 발견되었습니다."

유라의 목소리는 고요했으나, 그 안에는 깊은 파도가 감추어져 있었다.

"의사는 어머니에게 남은 시간이 채 여섯 달도 되지 않을 거라고 선언했습니다. 하지만 어머니는 믿었습니다. 그동안 살아오며 온갖 어려움을 잘 이겨냈듯, 이번에도 이겨낼 수 있을 거라고."

유라의 목소리가 살짝 떨리기 시작했다.

"그러나 병은 어머니의 의지조차 갉아먹었습니다. 전두엽에 발생한 뇌암이 그녀를 잠식해 들어갔고, 성격 변화와 의식 저하까지 일으켰습니다. 어머니는 자존심이 강한 분이라, 자신의 무너져가는 모습을 남들에게 한사코 보이지 않으려 하셨습니다."

법정 안은 숨소리조차 들리지 않을 만큼 고요했다.

"세 번의 뇌수술과 끝없는 항암치료, 방사선 치료를 거치는 동안 어머니의 몸은 앙상하게 말라갔습니다. 끊임없이 이어지는 통증과 구토에 시달리던 어머니가 간신히 내뱉은 말은 단 한마디였습니다."

"죽고 싶다!"

유라는 손등으로 눈물을 훔쳤다. 그렇게 잠시 쉬었다가 다시 힘을 내어 말을 이어갔다.

"전 이 말의 의미를 알 수 있었습니다. '고고하게 죽고 싶다!' 단순히 병마에 진 패배자가 아니라, 스스로 존엄을 지킬 수 있는 모습일 때…, 인간답게 떠나고 싶었던 것입니다."

그녀의 목소리는 점점 더 떨리기 시작했다.

"사랑하는 어머니를 제 손으로 직접 보내드리던 그 순간의 고뇌와 슬픔이 아직도 제 가슴에 선명하게 남아 있습니다. 그런데도 그날 제 마음에 가장 크게 남은 감정은 미안함이나 죄책감이 아니었습니다. 엄마를 그렇게 떠나보낼 수밖에 없었던….”

유라는 결국 눈물을 터뜨렸다. 법정 안이 잠시 술렁거렸으나, 그녀는 억지로 울음을 삼키며 말을 이었다.

“불쌍한 우리 엄마…. 저는 엄마의 고통스러운 모습을 더 이상 지켜볼 수 없었습니다. 어머니가 간절히 원했던 일이고, 저 역시 엄마의 불쌍한 그 모습을 빨리 끝내줘야만 했습니다.”

거기서 유라는 고개를 숙였다. 잠시 뒤, 그녀가 마지막으로 고개를 들었을 때 그녀의 얼굴은 눈물로 젖어 있었지만, 눈빛만은 흔들림 없이 빛나고 있었다.

“많은 사람이 말씀하십니다. 신께서 이런 일을 결코 허락하지 않으실 거라고요. 하지만 저는 믿습니다. 인간을 진정 사랑하는 신이라면, 인간이 끝없는 고통 속에서 죽음에 이를 때까지 방치되는 것도 결코 원치 않으실 거라고요. 그 고통은 신이 아니라 인간이 만들어낸 의료 기술의 산물이니까요.”

유라는 마지막 한 마디를 힘주어 덧붙였다.

“모든 인간은, 인간답게 죽을 권리가 있습니다.”

작가의 말

이 소설은 'BVS'라는, 아직 실현되지 않은 미래 기술을 바탕으로 쓴 SF 의학 드라마입니다. 모두 허구로 지어낸 이야기이긴 하지만, 삶과 죽음을 넘나드는 환자와 이들을 살리려는 의사들의 고군분투 자체는 오늘도 어디선가 실제로 일어나고 있는 일들입니다.

모두 여덟 편의 이야기가 나오는데, 단순한 흥미 외에 나름의 메시지와 의미를 함께 담아보려고 하였습니다.

먼저 첫 번째 사례로 등장하는 '강태민' 환자의 경우, 사실 제대로 치료를 받았더라면 살아날 가능성도 있었습니다. 그러나 환자의 BVS를 확인한 주인공 서유라는 '가족을 위해서'라는 이유로 결국 그를 죽음에 이르도록 방치합니다. 이 사례를 통해 저는 '적극적 존엄사'라 불리는 행위에도 의사의 '감정'이 들어갈 수밖에 없다는 점을 지적하고 싶었습니다. 의사들은 본인 스스로 객관적 판단만 한다고 여길지 모르지만, 인간은 결국 주관적 존재라는 점을 보여주고 싶었습니다.

두 번째 사례에서는 범죄로 인해 식물인간이 될 수밖에 없는 상황에 놓인 어린아이의 이야기가 나오는데, 결과적으로 이 아이의 생명은 다른 누군가에게 귀중한 삶의 온기를 전한 뒤 스스로는 사망에 이르게 됩니다. 세상에 아름다운 죽음이 있을 수는 없겠지만, 존엄사 여부를 판단할 때는 이처럼 복잡한 상황도 고려하지 않을 수 없다는 점을 말하고 싶었습니다. 하지만 이때의 고려와 판단은 특정 보호자나 의사 개인이 아니라, 객관적인 제도와 시스템의 뒷받침이 반드시 있어야만 할 것입니다.

세 번째 사례에는 '이민혁'이라는 청소년이 등장하는데, 겉으로는 그저 그런 '질 나쁜' 아이처럼 보이지만, BVS 영상을 통해 그의 진짜 모습이 드러날 수도 있다는 이야기를 전하고자 하였습니다. 이를 통해 BVS가 얼마나 확실한 '안전장치'가 될 수 있는지도 동시에 보여주고 싶었습니다.

네 번째 사례에서도 BVS가 오해를 푸는 데 큰 역할을 하는데, '이주찬' 선생 사건의 진실이 BVS로 인해 해명됩니다. 이 과정에서 주인공 서유라는 BVS를 통해 모든 진실을 명명백백하게 확인할 수 있고, 이를 근거로 삶과 죽음을 판단할 수 있다는 자기만의 신념을 더욱 확고히 다지게 됩니다. 하지만 삶과 죽음의 문제에 관련된 진실이 그렇게 단순할 수만은 없습니다.

이 네 번째 이야기는 저의 의사로서의 개인적인 체험이나 경험이 전혀 개입되지 않은 순수 창작인데, 세월호 사건 이후 남겨진 사람들,

특히 교사와 친구들에게 위로의 뜻을 전하고 싶었습니다. 한편으로는 이 이야기를 통해 '책임'이라는 주제를 강조하고 싶었는데, 이는 요즘 우리 사회가 점점 책임을 회피하는 방향으로 흘러가고 있는 게 아닌가 우려했기 때문입니다.

다섯 번째 사례를 통해서는 앞서 제기한 '적극적 존엄사' 문제를 좀 더 직접적으로 건드려보고자 하였습니다. 신경외과를 비롯하여 많은 분야의 의사들이 이런 논의의 필요성에 공감할 것이라고 저는 생각합니다. 물론 저 역시 적극적 존엄사 문제는 더 빨리 공론화되어야 한다고 생각합니다. 어떤 경우 수술 전에 판단해서 '아예 수술하지 말자.'고 결론을 내려야 하는데, 급박한 상황에서 아무 정보도 없는 보호자에게 그런 결정을 기대하기는 현실적으로 매우 어렵습니다. 그렇다고 의사가 특정 환자를 '살릴지 말지' 대신 정할 수도 없습니다. 일단은 수술을 해놓고 경과를 보다가, 더는 희망이 없을 때 존엄사를 선택하는 방향이 현재로서는 유일한 대안이 아닐까 싶기도 합니다.

여섯 번째 사례에서는 주인공 서유라가 BVS 시행도 없이, '자살한 환자는 죽어도 된다.'고 생각하는 실수를 저지릅니다. 이를 계기로 서유라는 BVS에 더욱 의존하게 되고, 어떤 판단을 내리기 전에는 반드시 BVS를 확인해야만 마음이 놓이는 의사가 됩니다. 주인공의 이런 내면적 갈등을 드러내는 외에, 이 이야기를 통해 '자살 시도로 실려오는 환자에게 끝까지 연명치료를 하는 것이 과연 옳은가?'라는 질문도 함께 던져보고 싶었습니다. 참으로 쉽지 않은 문제입니다.

 BVS에 크게 의지하게 된 서유라는 일곱 번째 사례를 통해 마침내 자신의 물리적이고 객관적이며 명쾌하다고 생각했던 판단이 사실은 진실과 다를 수도 있다는 사실을 깨닫게 됩니다. 마지막에 환자 아내인 김윤아의 임신 사실이 밝혀지는데, 이 과정에서 서유라는 자기의 판단 기준이 사실 명확지 않다는 점도 새삼 깨닫습니다.
 한편으로, 저는 우리나라 가족제도와 존엄사 문제의 연관성에도 관심을 기울이고 싶었습니다. 20년간 함께 산 동거인보다 20년 전부터 연락이 끊긴 친족이 법적으로 더 강력한 권리를 갖는 상황이 저는 아직도 이해가 되지 않습니다. 이런 제도적 이해 없이 존엄사가 진행된다면, 정말 많은 사람이 억울하게 죽을 수도 있고 뜻하지 않게 갑자기 피해자가 될 수도 있을 것입니다.

 여덟 번째 사례에서 주인공 서유라는 본인의 기준이 완전히 무너졌다는 것을 깨닫고 결국 경찰에 자수를 결심합니다. 하지만 그녀의 자수와 재판으로 존엄사를 둘러싼 문제가 오히려 사회적으로 뜨거운 감자가 되는데, 그 최종 판단을 제가 내리고자 한 것은 아닙니다. 참고로, 이 사례에 등장하는 정우진의 기적 같은 소생 이야기는 제가 실제로 경험한 일을 바탕으로 각색한 것입니다. 의사로 오래 일하다 보면, 의학적으로 설명하기 힘든 기적 같은 일을 간혹 경험하게 됩니다. 저역시 12년 넘게 신경외과 의사로 일하면서 꼭 한 번, 전공의 2년차 때 그런 기적을 경험했습니다. 이런 '기적 같은 사례' 역시 존엄사 논의에서 반드시 고려되어야 한다고 생각합니다.

이 여덟 편의 짧은 이야기들이 존엄사 문제를 둘러싼 우리 사회의 논의에 작은 기폭제 역할이라도 할 수 있다면, 작가로서는 이보다 더 큰 기쁨이 없겠습니다.

끝으로, 이 소설의 작가는 '적극적 존엄사'를 실제로 시행해본 적이 결코 없다는 사족을 달아둡니다. 이 점에 대해 독자 제현의 의심이 없으셨으면 좋겠습니다.

그리고 다시 마지막으로, 지금도 힘든 시간을 견디고 계실 환자와 보호자들이 이 이야기를 읽고 조금이나마 위로를 받고, 마음의 평안을 얻었으면 좋겠습니다. 그들은 지금 일생에서 가장 힘겨운 순간을 지나고 있을 터인데, 이 소설이 그들을 위한 기도의 한 토막이 되면 좋겠습니다.

끝까지 읽어 주셔서 감사합니다.

APPENDIX 1

Brain Visualization System (BVS) :
전기자극 및 AI 기반
기억 영상화 기술에 관한 임상 예비 연구*

*이 논문은 소설에 나오는 BVS에 대한 최초의 논문을 저자가 가상하여 작성한 것이다.

Brain Visualization System (BVS):
전기자극 및 AI 기반 기억 영상화 기술에 관한 임상 예비 연구
- "혼수상태 환자의 기억 영상화 시도"

저자 : Drum (미국의료원 신경외과)
공동연구진 : Lee YG(신경과), Kim YR(영상의학과), Kim BG(영상분석과), Piano(법의학과), Park M(신경외과)

초록(Abstract)

1. 배경(Background)

혼수상태 환자의 잠재적 기억을 시각화하는 것은 기존 뇌영상 기법으로는 여전히 해결되지 않는 난제입니다. 본 연구에서는 'Brain Visualization System(BVS)'이라는 새로운 전기 자극·영상화 기법을 고안하여, 혼수상태 환자의 기억 일부를 포착하고 영상으로 재구성할 수 있는지 예비적으로 평가하고자 합니다.

2. 방법(Methods)

2028년 1월부터 6월까지 미국의료원 중환자실에 입원 중인 혼수상태 환자 5명을 대상으로 하였으며, 모든 대상자에 대해 Brain CT와 내비게이션 장치를 활용해 시술 부위를 설정하였습니다. 이후 두개골에 4개 천공(鑽孔)을 시행하고, 대뇌피질(cortex)에 전기 자극용 전극 2개, 시상(thalamus)에 신호 포착용 전극 2개를 각각 삽입하였습니다. 무작위 전기 자극으로 획득된 신호를 AI 알고리즘(딥러닝 기반 영상합성 모델)을 통해 시간 순으로 재구성한 뒤, 재현된 기억 영상의 품질과 환자 생체 징후 간 상관관계를 분석하였습니다.

3. 결과(Results)

시술 대상 5명 중 4명에서 시술 후 24시간 이내에 특정 기억(장소, 인물, 사건 등)이 부분적으로 재구성되었으며, 특히 정서적 충격이 컸던 시점의 기억은 비교적 선명하게 관찰되었습니다. 시상 부위 전극 삽입으로 인한 출혈성 합병증이 1명에서 발생하였으나, 보존적 치료 후 호전되었습니다 나머지 4명에서는 시술 후 72시간 내에 중대한 합병증이 보고되지 않았습니다. 영상 재구성 과정에서 20~30% 수준의 영상 누락과 왜곡이 있었으나, 일부 시점은 명료하게 재현되었습니다.

4. 결론(Conclusions)

BVS는 기존 뇌영상 기법과 차별화된 '기억 영상화' 가능성을 제시하며, 혼수상태 환자의 임상 평가·법의학적 활용에서 중요한 단서를 제공할 수 있습니다. 그러나 시술 자체의 침습성, 출혈 위험, 윤리·법적 문제 등 해결되어야 할 과제가 여전히 남아 있습니다. 대규모 임상시험과 체계적 안전성 평가가 추후 필수적으로 진행되어야 합니다.

키워드(Keywords)

뇌 전기 자극(Electrical Brain Stimulation), 기억 영상화(Memory Visualization), 시상 전극(Thalamic Electrode), BVS(Brain Visualization System), 혼수상태(Coma), 인공지능(Artificial intelligence)

I. 서론(Introduction)

기억은 뇌 전반에 분산되어 저장되며, 특히 정서적·생물학적으로 강렬한 사건은 보다 견고한 신경회로를 형성하는 것으로 잘 알려져 있다[1,2]. 해마(hippocampus)를 비롯한 내측 측두엽(medial temporal lobe) 영역은 단기 기억의 회상에, 대뇌피질(Cerebral cortex)은 고착화된 장기 기억의 저장 및 재구성에 중요한 역할을 담당한다[3,4]. 그러나 혼수상태나 중증 뇌손상을 입은 환자의 경우, 환자 주관의 기억 경험을 객관적으로 확인하는 것은 기존 영상 기법이나 전기생리학적 검사만으로는 한계가 존재하였다[5].

이러한 문제를 극복하고자 본 연구에서는 생체 전기 자극과 인공지능(AI) 기반 데이터 재구성 기법을 결합한 Brain Visualization System (BVS)을 고안하였다. BVS는 신경외과적 내비게이션 기법을 활용하여 대뇌피질과 시상 등 특정 부위를 정확히 표적화한 후, 전극을 통한 전기 자극과 동시에 해당 부위의 뇌 반응을 포착하여 AI 알고리즘으로 시간 순서대로 재구성함으로써 '기억 영상'을 확보하는 새로운 접근법이다. 이와 같은 접근은 기존의 기능적 MRI, PET 등 간접적 기억 측정법과 달리, 직접적인 전기 신호와 AI 해석을 결합하여 보다 세밀한 기억 재구성이 가능하다는 점에서 의의가 있다[6].

II. 연구 대상 및 방법(Materials and Methods)

1. 연구 대상(Study population)

2028년 1월부터 6월까지 미국의료원 신경외과 중환자실에 입원 중인 혼수상태 환자 5명(남성 3명, 여성 2명)을 대상으로 예비연구를 진행하였다. 대상자의 평균 연령은 48.2세(범위: 35~62세)로, 모든 환자는 보호자 및 법적 대리인의 서면 동의를 받은 후 등록되었다.

2. 시술 전 검사 및 계획(Preoperative Assessment)

1) 영상 검사: Brain CT와 MR을 이용하여 뇌 병변, 혈관 구조 및 전반적 뇌 상태를 평가하였다.

2) 좌표 설정: 최신 신경외과용 내비게이션 시스템을 사용하여 대뇌피질 및 시상 부위를 3차원 영상과 연동, 정밀하게 표적화하였다.

3. BVS 시술 과정(Surgical Procedure)

1) 두개골 천공 (Cranial Burr Hole): 전극 삽입을 위한 통로 마련을 위해 두피 절개 후 4개의 천공을 시행하였다.

2) 전극 삽입 (Electronode Placement)

① 전기 자극용 전극(2개) : 대뇌피질에 설치하여 전두엽에서 두정엽, 측두엽을 거쳐 후두엽에 이르는 넓은 영역에 전기 자극을 유도하도록 설계하였다.

② 신호 포착용 전극(2개) : 시상 부위에 배치하여 전기 자극에 따른 뇌 반응 신호를 수집하였다.

3) 전기 자극 프로토콜(Electrical Stimulation Protocol) : 0.5~2.0 mA의 펄스형 전류를 불규칙적 주기로 적용하여 뇌의 자연적 반응을 유도하였으며, 전극 위치 및 자극 강도는 실시간 모니터링 하에 조절되었다.

4) 데이터 수집 및 처리(Data Acquisition and Processing)

① 유도된 뇌 전기 신호는 고해상도 신경신호 증폭기를 통해 디지털화되었으며, AI 기반 딥러닝 모델을 이용해 시간 순서 및 공간적 패턴에 따라 재구성되었다.

② 영상 분석가는 자동 재구성 결과에서 불명확한 장면을 수동 보정하여 최종 '기억 영상'을 확보하였다.

4. 안전성 평가

시술 전·후 Brain CT/MR을 통해 출혈 및 감염 등 합병증 발생 여부를 평가하였으며, 수술 중 및 수술 후 72시간 동안 혈압, 심박수, 뇌압, 뇌파 등 주요 생체 징후를 지속 관찰하여 안전성을 확보하였다[7].

5. 윤리적 고려(Ethical Considerations)

본 연구는 미국의료원 임상연구윤리위원회(Institutional Review Board) 승인을 받았으며(IRB No. 2027-06-199), 모든 대상자의 보호자 또는 법적 대리인에게 시술 절차, 연구 목적 및 예상 부작용에 대해 충분한 설명 후 서면 동의를 획득하였다. 또한, 기억 영상의 개인정보 보호 및 사생활 침해 문제에 대해 철저한 익명화 및 자료 관리 지침을 적용하였다[8,9].

III. 결과(Results)

1. 기억 영상 추출 성공률(Rate of Memory Reconstruction)

전체 5명 중 4명(80%)에서 시술 후 24시간 이내에 특정 기억(장소, 인물, 사건 등)의 영상 단편이 부분적으로 재구성되었다. 특히 정서적으로 강렬했던 사건(예: 교통사고, 충격적 뉴스 등)의 경우, 영상 재구성이 상대적으로 선명하게 나타남을 확인하였다[10].

2. 합병증 발생 현황(Complications)

1) 출혈: 한 명(20%)에서 시상 부위 전극 삽입 후 소량의 출혈이 관찰되었으나, 보존적 치료로 안정화됨.

2) 일시적 뇌압 상승: 2명에서 48시간 이내에 일시적 뇌압 상승이 관찰되었으나, 추가 합병증 없이 안정됨.

3. 영상 품질 평가(Quality of Reconstructed Footage)

AI 기반 재구성 과정에서 전체 영상의 약 20~30%가 누락 또는 왜곡된 것으로 평가되었으나, 특정 시간대(예: 사고 직전, 큰 충격 직후)의 영상은 상대적으로 명료하게 재현되었다. 다만, 일부 영상은 자극 순서 및 신경회로의 복잡성으로 인해 시간적 순서가 뒤섞여 나타난 양상을 보였다.

Ⅳ. 고찰(Discussion)

1. AI 기반 기억 영상화의 기술적 가능성과 도전 과제

최근 인공지능(AI)의 발전은 기존에 불가능해 보였던 뇌 전기 신호의 정밀 해석과 영상화 기술을 혁신적으로 변화시켰다. 본 연구에서는 Brain Visualization System(BVS)을 제안하였으며, 해당 시스템은 시상의 전기 신호를 포착하여 이를 딥러닝 기반 영상합성 모델을 통해 사람이 인지 가능한 시각 및 청각 정보로 변환하는 새로운 접근법을 도입하였다. 이 기술은 뇌의 무작위처럼 보이는 전기 신호 속에서 의미 있는 패턴을 추출해내는 AI의 뛰어난 데이터 재구성 능력에 의존하였으며, 특히 정서적·생물학적으로 강렬한 경험에서 더욱 뚜렷한 신호를 확보할 수 있음을 확인하였다[6, 10]. 이러한 접근은 전통적인 뇌 영상 기술과 달리 직접적인 신경 신호 해석을 가능하게 하여, 기억의 미세한 요소까지 재현할 수 있는 잠재력을 보여주었다.

2. 자극 순서와 부위에 따른 기억 재구성 양상의 분석

전통적으로 시간적으로 가까운 기억이 우선적으로 회상될 것이라는 가설이 널리 받아들여졌으나, 본 연구 결과는 자극 순서와 부위에 따라 회상의 양상이 크게 달라짐을 시사하였다.

자극 순서 : 전기 자극의 순서가 뇌 내 신경망의 활성화 패턴에 미치는 영향을 분석한 결과, 자극 순서에 따라 재구성된 기억 영상의 순서와 명료도가 달라짐을 확인하였다.

자극 부위 : 감정과 밀접하게 연관된 기억의 경우, limbic system에 가까운 대뇌피질을 자극할 때 우선적으로 회상되는 경향이 나타났으며, 보다 최근의 기억이나 세부적인 요소는 해마 및 medial temporal lobe와 같은 부위에 대한 정밀한 자극이 필요함을 시사하였다[3, 4].

이와 같이 전극 배치, 자극 강도 및 자극 부위 선택이 기억 영상 재구성의 정확도에 결정적인 영향을 미침을 확인하였다.

3. AI 영상 재구성 과정의 한계 및 개선 방향

AI 기반 영상합성 모델을 통한 기억 재구성 과정에서는 전체 영상의 약 20~30% 정도가 누락되거나 왜곡되는 한계가 드러났다.

신호 잡음 및 왜곡 : 전극 배치의 미세한 차이, 전기적 노이즈 및 뇌내 복잡한 신경 활성화가 재구성 영상의 정밀도에 부정적인 영향을 미친 것으로 판단되었다.

알고리즘 한계 : 현 단계의 AI 모델은 제한된 학습 데이터셋과 신경 신호의 복잡한 특성을 모두 포괄하기에는 아직 부족한 면이 있었으며, 이는 대규모 신경신호 데이터셋 구축과 심층 학습 기법의 정교화를 통해 개선될 필요가 있음을 시사하였다[10].

따라서, 보다 정밀한 알고리즘 개발과 데이터 확충이 향후 연구의 중요한 과제로 대두되었다.

4. 안전성 문제 및 윤리적 · 법적 쟁점

BVS 시술은 혼수상태 환자와 같이 취약한 대상에게 적용된 만큼, 안전성과 윤리적 문제에 대한 면밀한 검토가 필요하였다.

시술의 침습성 : 시상 부위 전극 삽입 과정은 출혈, 감염 등 심각한 합병증을 초래할 위험이 크므로, 시술 전후 철저한 모니터링과 정밀한 시술 프로토콜 및 가이드라인의 수립이 필요함을 확인하였다[7].

윤리적·법적 문제 : 환자의 기억을 재구성하는 과정에서 개인정보 보호, 사생활 침해 등의 문제가 발생할 가능성이 있으며, 무작위 전기 자극에 의해 유도된 기억 영상이 실제 사건과의 일치성 및 객관성을 확보하지 못할 경우 법적 증거로서의 신뢰성에도 의문이 제기될 수 있음을 확인하였다[5, 8, 9].

이와 같이, 본 기술의 임상적 적용과 법의학적 활용에 있어 안전성과 윤리적 문제는 향후 다학제적 협력 및 국제적 논의를 통해 명확한 가이드라인이 마련되어야 할 중요한 과제임을 시사하였다.

5. 향후 연구 및 개선을 위한 제언

본 예비연구는 BVS 기술이 혼수상태 환자의 기억을 부분적으로 영상화할 수 있는 가능성을 제시한 동시에, 기술적 한계와 함께 안전성, 윤리적·법적 문제 등 해결해야 할 중대한 도전 과제들을 드러내었다. 향후 연구에서는 다음과 같은 사항들을 집중적으로 보완할 필요가 있었다.

전극 배치 및 자극 프로토콜 최적화 : 해마 및 대뇌피질 등 기억과 직접 관련된 부위에 대한 정밀한 전극 배치와 자극 강도, 순서에 관한 심층 연구가 필요함을 확인하였다.

AI 알고리즘의 정교화 : 대규모 신경신호 데이터셋 구축과 심층 학습 모델의 고도화를 통해 영상 재구성 과정에서 발생하는 누락 및 왜곡 문제를 최소화하는 기술적 개선이 요구되었다.

안전성 강화 : 시술 중 발생 가능한 합병증을 예방할 수 있는 새로운 기술 및 시술 프로토콜의 개발이 필수적임을 확인하였다.

윤리적 가이드라인 마련 : 기억 영상 활용과 관련된 개인정보 보호 및 사생활 침해 문제를 해결하기 위한 국제적·학제 간 협력과 명확한 윤리적·법적 지침의 수립이 필요하였음을 시사하였다.

종합하면, 본 연구는 BVS 기술이 임상적 및 법의학적 측면에서 새로운 가능성을 열어줄 수 있음을 확인하였으며, 기술적 한계와 함께 안전성 및 윤리적 문제 해결을 위한 다각도의 연구와 협력이 향후 이 기술의 실용화와 신뢰성 제고에 결정적인 역할을 할 것임을 보여주었다.

V. 결론(Conclusion)

BVS 기술은 전기자극과 AI 기반 영상합성 기법을 통해 혼수상태 환자의 기억을 부분적으로 영상화할 수 있는 혁신적 접근법임을 확인하였다. 본 예비연구는 기억 영상화의 임상적, 법의학적 가능성을 제시하는 한편, 시술의 침습성, 영상 왜곡, 안전성 및 윤리적 문제 등 보완해야 할 사항을 명확히 드러냈다. 향후 대규모 임상시험과 알고리즘 개선, 그리고 윤리·법적 체계 정비를 통해 본 기술의 실용화 및 신뢰성 제고가 필요하다.

감사의 글(Acknowledgments)

본 연구는 Brain재단 학술연구비(Grant No. 2027-S11-XXXX-XXX)의 지원을 받아 수행되었으며, 미국의료원 신경과, 영상의학과, 법의학과, 영상분석과, 신경외과의 적극적인 협조에 깊은 감사를 드린다. 또한, BVS 알고리즘 개발에 기여한 AI 연구팀의 노고에도 감사의 뜻을 표한다.

참고문헌(References)

1. Squire, L. R., Stark, C. E. L., & Clark, R. E. (2004). The medial temporal lobe. Annual Review of Neuroscience, 27, 279 - 306.
2. Eichenbaum, H. (2000). A cortical-hippocampal system for declarative memory. Nature Reviews Neuroscience, 1(1), 41 - 50.
3. Penfield, W., & Perot, P. (1963). The brain's record of auditory experience. Brain, 86(4), 595 - 696.
4. Milner, B., Squire, L. R., & Kandel, E. R. (1998). Cognitive neuroscience and the study of memory. Neuron, 20(3), 445 - 468.
5. Gazzaniga, M. S. (2005). Forty-five years of split-brain research and still going strong. Nature Reviews Neuroscience, 6(8), 653 - 659.
6. Fried, I., Rutishauser, U., & Cerf, M. (2014). Single-neuron studies of the human brain: Probing cognition. Current Opinion in Neurobiology, 25, 77 - 84.
7. Schiff, N. D. (2015). Cognitive motor dissociation following severe brain injuries. Current Opinion in Neurology, 28(6), 637 - 643.
8. Illes, J., & Sahakian, B. J. (2011). Neuroscience and the law: Brain imaging and its applications. Trends in Cognitive Sciences, 15(7), 315 - 321.
9. Farah, M. J. (2002). Neuroscience and the law: Brain overclaim syndrome. Nature Reviews Neuroscience, 3(4), 255 - 261.

10. LeCun, Y., Bengio, Y., & Hinton, G. (2015). Deep learning. Nature, 521(7553), 436 - 444.

발행 정보
투고일 : 2030년 1월 5일
승인일 : 2030년 1월 31일
게재 예정 학술지 : Journal of Experimental Neuroinnovation
연락처(Corresponding Author) : Dr. 드럼 박사
이메일 drdrum@xxxx.org
전화 XX-XXXX-XXXX

APPENDIX 2

수술기록지(Operative Note)

수술기록지(Operative Note)

수술명 : 양측 두개강 전기자극용 전극 삽입 및 신호 측정 후 제거술
수술일자 : 2032년 3월 15일
마취 : 국소마취(Lidocaine)
수술자세 : 앙와위(Supine position)
수술 부위 : 우측/좌측 두피 (전두부, 두정부)

1. 수술 전 준비
- 수술 부위를 정확히 확인한 후, 두피 전체를 면도 및 소독하고 멸
  균 시트(drape)로 덮어 무균 상태를 유지함.
- 국소마취제(리도카인)를 사용하여 절개 부위 주변에 적절히 마취
  를 시행함.

2. 우측 두정부 수술 과정
- 우측 두정부(Parietal area)에 세로(Vertical) 방향으로 두피 절개를
  시행함.

- Metzenbaum scissor와 bipolar device를 이용하여 피하조직을 박리함.
- Self retractor를 사용하여 수술 시야를 확보함.
- 골막(Pericranium)을 Periosteal elevator로 박리하여 노출함.
- Perforator를 이용해 burr hole을 생성한 뒤, currette으로 burr hole을 확대함.
- 경막(dura)을 노출하고 bipolar device 등을 사용하여 지혈함.
- 골출혈은 bone wax로 지혈함.
- 노출된 경막에 dural tack-up suture를 두 군데 시행하여 경막이 두개골 내부에 밀착되도록 함.
- No.15 블레이드로 경막을 cruciate 형태로 절개함.
- 얇은 전기자극용 전극들을 전두(frontal), 두정(parietal), 측두(temporal), 후두(occipital) 피질의 경막하(subdural) 공간으로 삽입함.
- 전극(electric node)을 피부에 고정한 뒤, burr hole 부위에 cranioimplant를 적용하여 노드(node)가 견고하게 고정되도록 함.
- 동일한 방법으로 좌측 두정부에 burr hole 형성, 경막 노출, 전극 삽입 및 고정을 시행함.

3. 우측 전두부 수술 과정
- 우측 전두부(Frontal area)에 세로 방향으로 두피 절개를 시행함.

- Metzenbaum scissor와 bipolar device를 이용하여 피하조직을 박리함.
- Self retractor를 사용하여 수술 시야를 확보함.
- 골막을 골막 elevator로 박리하여 노출함.
- Perforator 드릴을 이용해 작은 버홀을 만든 뒤, 큐렛으로 버홀을 확대함.
- 경막 노출 후 coagulator 등을 사용해 지혈하고, 본왁스를 이용하여 골출혈을 지혈함.
- dural tack-up suture 시행한 뒤, No.15 블레이드로 경막을 십자 형태로 절개함.
- navigation guidance를 활용하여 우측 시상(Rt. thalamus)에 신호 포착용 전극을 천천히 삽입함.
- burr hole 부위에 cranioimplant를 적용하여 전기 노드를 견고하게 고정함.
- 동일한 방법으로 좌측 전두부에도 전극 삽입 및 고정 과정을 시행함.

4. 전기 자극 검사

- 양측 노드(node)에 0.5mA 강도의 펄스형 전류를 먼저 흐르게 하여 반응을 확인함.
- 이후 1.0~2.0mA의 전류를 불규칙한 주기로 약 10분간 흘려보냄.
- 검사 중 주기적으로 활력징후(vital sign)를 확인하고, 환자의 이상

반응을 관찰함.

- 충분한 영상 및 자극 반응을 확보한 뒤 전류 공급을 중단함.

5. 전극 제거 및 수술 마무리

- 사용한 전극(4군데)을 모두 조심스럽게 제거함.
- burr hole 부위에 bone implant를 삽입하여 두개골을 보강함.
- 피하조직은 Vicryl 봉합사를 이용하여 봉합함.
- 피부는 stapler를 사용하여 봉합함.

수술 경과

- 수술은 특별한 합병증 없이 계획대로 진행되었으며, 약 3시간 소
  요됨.
- 환자는 수술을 잘 견뎌냈으며, 수술 직후 신경외과 중환자실
  (NCU)로 안전하게 이송됨.

이상 수술기록을 보고함.

Signature of Surgeon Yura Seo M.D.

이터널 메모리 : 기억을 캐는 의사들

초판 1쇄 인쇄 2025년 2월 25일
초판 1쇄 발행 2025년 3월 4일

저   자   박민 ⓒ 2025

펴 낸 이   김환기
펴 낸 곳   도서출판 이른아침
주   소   경기 고양시 덕양구 삼원로 63 고양아크비즈 927호
전   화   031-908-7995
팩   스   070-4758-0887
등   록   2003년 9월 30일 제313-2003-00324호
이 메 일   booksorie@naver.com

ISBN 978-89-6745-162-2 (03810)